文春文庫

幽霊殺し

御宿かわせみ5

平岩弓枝

文藝春秋

文春文庫

幽霊殺し

御宿かわせみ5

平岩弓枝

文藝春秋

目次

幽霊殺し

恋《こい》ふたたび

一

大川端の小さな旅籠屋《はたごや》「かわせみ」で、このところ、一番早くに床を離れるのは、老番頭の嘉助《かすけ》であった。

足音を決して立てない彼独得の歩き方で、まだ寝静まっている家の中を見廻って廊下の掛行燈《かけあんどん》の灯を消して行く。それから風呂場へ行って、昨夜遅くに風呂番の勘太がざっと掃除をして汚れた湯をかい出し、新しく水を汲んでおいたのをたしかめてから、外へ出て焚き口に火をつける。

「かわせみ」を定宿にしている客の中には、朝風呂を好むのも何人かいて、それがなによりの御馳走と喜ばれるからで、本来なら朝の風呂焚きも勘太の仕事だが、若い者は眠かろうと嘉助がいつの頃からか代ってやっている。

火を焚きつけると、これも毎日の習慣で、「かわせみ」の周囲をぐるりと一巡して異状のないのをみて歩く。そういう時の嘉助は普段、店の帳場格子の中にすわっているのと同じ縞の着物に前掛姿ながら、長年、八丁堀で暮らして来た凄《すご》い捕方の面影が彷彿《ほうふつ》として、もしも臑《すね》に傷を持つ者がすれ違ったら、慌てて逃げ出さずには居れないような雰囲気を持っている。

星はまだ頭上にいくつもきらめいているが、大川のむこうの空は白くなりはじめていて、川面には薄く靄《もや》が立ちこめている。朝方強く冷え込んで、水の表面の温度のほうが外気よりも高くなる、今頃の朝にはよくある大川のこうした風景が、嘉助は好きだった。寒い寒いといいながら、春がそこまで来ているのは、裏庭の梅の枝の蕾《つぼみ》のふくらみ具合でもよくわかる。

庭を抜けて、裏へ戻って来て、嘉助の眼が吸い寄せられるように物置の入口で止った。僅かだが、戸口にすきまがある。錠は外から下りていた。買いおきの炭だの味噌だの、たいしたものが入っているわけではないが、不要心だからと夜は必ず、鍵をかける。鍵をかけても、戸にすきまがあったんじゃなんにもならねえ、と嘉助は腹の中で叱言《こごと》をいいながら物置に近づいて二度びっくりした。子供の泣き声、といっても、それはもう呼吸《い き》もたえだえといった弱々しいのが、戸のむこうから聞えて来たからである。

勝手口へ戻って、ちょうど起きたばかりの女中頭のお吉《きち》と二人で物置へとってかえし、錠を開けてみると味噌桶や炭俵のむこうに使い古しの什器《じゅうき》を積み、その上に打ち直しに

出す予定の古布団を重ねてあったところに、子供がもぐり込んでいる。お吉がひっぱり出してみると手も足もかなっ氷のようで、泣き声も咽喉《のど》にはりついたか、口もきけない。

嘉助が抱いて、ともかくも体をあっためるのが先決だと、ちょうど沸いたばかりの風呂に入れた。

さわぎを聞いて、女主人のるいも起き出して来て、子供の衣類を調べてみると、けっこう裕福な家の子供が着るような綿入れに、小ざっぱりした下着で、到底浮浪者の子供とは思えない。

「お嬢さん、こんなものがございました」

お吉が帯に結んであった守袋の中から折りたたんだのを取り出して、開いてみると、

日本橋本町三丁目
　中村屋伊兵衛宅
　　正吉　五歳

と女の筆跡で書いてある。

「中村屋と申しますと、薬種問屋の中村屋さんでございましょうか。だとすると、大変な老舗《しにせ》で……」

子供を湯に入れていた嘉助が戻って来て、汗を拭きながら首をかしげる。

「なんにしても、手前が一っ走り、日本橋まで行って参りましょう」

誰か、若い者をやっては、というるいの制止にも、

「いえ、こういうことは、なにか間違いがあってもいけません」

老いても足に自信のある嘉助は、朝飯も食べずにとび出して行った。

正吉という子供のほうは、お吉があたたかいものを食べさせ、行火《あんか》の入った布団に寝かせると、疲れ切っていたのだろう、すぐねむってしまった。

「なんですか、こう、どうかしちまったみたいなんですよ。正気がないっていうか、魂がどこかにとんじまったような……」

ぼつぼつ起き出してくる客のために、朝風呂へ案内させたり、飯を運ばせたり、女中達にてきぱき指図をしてから、お吉がるいにいいつけに来た。ねむった子供のことである。

「そりゃあ、ひと晩、人の家の物置にいたのだもの、さぞかし、怖い思いをしただろうから……」

おそらく、昨夜、まだ宵の中《うち》に子供は物置にもぐり込んでいたのを、女中達が気づかないで外から鍵を下してしまったものだろうと、るいもお吉も考えている。

「それにしても、なんで人の家の物置へなんぞ入ったんでしょう。近所の子なら、かくれんぼってこともありますけど……」

日本橋本町三丁目といえば、「かわせみ」からはちょっとした距離である。

「迷子にでもなったんでしょうか」

嘉助が帰って来たのは、かなり経ってからで、

「やっぱり、迷子さんでございました」

一緒について来たのは、中村屋の手代で富三郎といい、これは昨夜中迷子を探してかけ廻ったことが、そそけた髪や血走った眼から容易に察しられる疲れた様子で、お吉に連れられて出て来た正吉をみると声もなく両手をひろげ、正吉も、はじめて子供らしい声で泣きながら、その腕の中へとび込んで行った。

「ちょっとおかしかありませんか」

若い手代が何度も礼をいい、

「改めて、主人がお礼に参りますので……」

と、正吉を背負って帰って行ってから、お吉が台所で遅い飯を食べはじめた嘉助にいった。

「仮にもあんな小さなお子が迷子になって、一晩中、みつからなかったわけでしょう。みつかったと知らせが行ったら、なにはさておいて親が迎えに来るもんじゃありませんか。いくら大身代の大店《おおだな》だって、親の情に変りはありゃしませんよ」

それを手代が一人というのは合点が行かないとお吉がいい出したのは、やはり、こっちも八丁堀の役人の家に奉公していたむかしの癖で、なんとなくうさんくささを嗅ぎとる鼻を持っている。

「いや、それが、わたしもちょっと気になったことがあるんだよ」

大根の千六本の味噌汁はもう何度かあたため直したので味噌の香がとんでしまってい

たが、梅漬けの紫蘇の葉を細かく刻んで炊きたての飯にまぶした「かわせみ」自慢の朝飯は嘉助の大好物で、年をとって来てからは腹八分目を心掛けているのに、つい三杯目をお吉によそってもらうことになる。煎《い》りたての白胡麻を飯の上にふりかけながら、嘉助は柔和にみえる眼の奥を光らせた。

「わたしが本町三丁目の中村屋へ知らせに行って、店の者がすぐ奥へ走って入った。すぐ出て来たのが、お内儀《かみ》さんだったが……」

正吉がみつかったというのは本当ですか、と慄《ふる》える声で嘉助に問うた。で、嘉助が正吉を発見した様子を話していると、奥から主人と思われるのが出て来て、いきなり内儀《ないぎ》を叱りつけた。そんなみっともない恰好で人様の前に出るな、と大変な剣幕である。

「それで、わたしも改めてお内儀さんの様子をみたんだが、たしかに髪はほつれているし、化粧っ気のないまっ青な顔はしている。しかしね、子供が行方知れずで一夜があけたんだ。それが当り前じゃないのかね」

むしろ、結いたての髪に濃化粧で出て来たほうがおかしい。

「寝巻のまんま、とび出して来たとか、帯もしめていなかったというなら、そりゃ、みっともないと叱るだろうが、如何にも大店のお内儀さんらしく、いい着物にいい帯を締めてなさる、いったい、なにがみっともないのかと、わたしは考えちまったが……」

おまけに、その内儀が嘉助と一緒に正吉を迎えに行きたいといった時、中村屋伊兵衛はこういったという。

「迎えに行くのなら、髪結いを呼んで髪を結い、着物を着かえてから出かけなさい」
女の仕度をのんびり待っているほど嘉助も悠長ではないので、それではと腰を上げる
と主人が手代を呼んで、迎えに行けといいつけた。
「まあ、中村屋といえば、本町三丁目の薬種問屋の中でも一、二を争う大店だから、万
事にご大層なのはわかるが、それにしても奇妙な気持がしたものだよ」
二

八丁堀の道場にいた神林東吾《かみばやしとうご》のところに、町廻りを終えて戻ってきたばかりの畝源三郎《うねげんざぶろう》が、

「少々、厄介な話がありまして、その件で、これからかわせみまで行きますが……」

と顔を出したのは、もう夕暮で、東吾は早速、稽古道具をはずしはじめた。

「いいところに、いいことをいってくるじゃないか、源さん、ちょうど今夜あたり、るいの顔を見に行きたいと思っていたところなんだ」

「そう、あけすけにいわれると、独り者はやるせない気分ですな」

ちっとも、やるせないような顔ではなく笑って、源三郎は東吾の着がえを待っている。

親代々、八丁堀の同心で、頭は切れるがそれが少しも表に出ない。みかけはもっさりしていて、八丁堀の巻羽織が野暮にみえるのは畝源三郎ぐらいのものだろうといわれている。情の厚い男で、自分が手札を渡している、いわゆる岡っ引連中の面倒をよくみる

し、どんな市井《しせい》の些事でも相談されると億劫《おっくう》がらずに出かけて行くので、仲間内には融通のきかない無駄骨折りなどとかげぐちを叩かれることもあるが、東吾とは学問も剣の修業も同門で、子供の時から親友と呼ぶにふさわしい仲であった。

神林家は、東吾の兄の通之進《みちのしん》が吟味方与力をつとめていて、いわば、畝源三郎の上司に当るのだが、東吾自身は次男坊の冷飯食いの立場をいいことに、しばしば源三郎の捕物の片棒をかつぐことがある。

で、今日も道場からいったん屋敷へ戻って、

「源さんから、ちょっと手伝いを頼まれましたので……」

兄嫁の香苗《かなえ》にことわりをいって颯爽《さっそう》と八丁堀を抜け出した。

「どうも、いい鴨にされましたな」

商売柄の早足で歩きながら、源三郎が笑い、

「なに、誘いに来たのは源さんじゃないか」

東吾は照れもしないで、大声でいい返す。

どっちも目に立つ長身で、東吾のほうはやや着痩せしてみえるものの、筋骨たくましいのが風を切って急いで行くのを通りすがりの店では何事かと見送っている。

「かわせみ」へ着くと、勝手知った玄関を、

「おい、源さんが御用のことでみえたんだぞ」

ずかずか上り込むと、帳場にいた嘉助も、廊下へ出て来たお吉も相好をくずして、

「お嬢さん、東吾様がおみえになりました」

と呼ぶ声がまだ終りもしない中に、台所で客の膳の指図をしていたらしいるいが、いそいそと小走りにやってくる。

そのるいの部屋には、いつ、東吾が来てもいいように炬燵《こたつ》があたたまっていて、男二人がすわり込むのと同時に、お吉が徳利と酒の肴を運んでくる。長火鉢にはちんちん湯が沸いていて、酒の燗《かん》の出来る前に、るいが熱い茶を一杯、香ばしい匂いと一緒にさし出した。

「成程、これでは東吾さんがかわせみに入りびたりなのも無理はありませんな」

行儀よく正座して源三郎は苦笑したが、東吾のほうは袴も足袋もぬいでしまって、この家の亭主のような顔である。

「畝さまがおみえになったのは、大方、中村屋さんの迷子のことじゃございませんか」

炬燵の上に皿小鉢を並べながら、お吉が先くぐりをした。

「その通り。中村屋伊兵衛の悴《せがれ》の正吉が、ここの物置でみつかったというのは、間違いありませんな」

それが癖の、八丁堀の旦那には似合わない丁寧な口調で源三郎が切り出した。

「本当にもなんにも、今朝はそれでてんやわんやでしたんです」

でしたら番頭さんを呼びましょう、とお吉が立って行って、すぐ嘉助が来、要領よく今朝の一部始終を話した。

「それが亦、どうして畝様のお耳に入りましたの」

たかが、商家の迷子に八丁堀の旦那が乗り出してくるわけがないと、そこはるいも同心の娘だったから、すぐぴんとくる。

「実は、あのあたりを縄張りにしている藤助というのから相談を受けたのですが、正吉が家出をしたのには、厄介な事情があったのです」

るいのすすめる盃を押し頂くようにして、源三郎が話し出した。

「家出といったな、源さん」

すぐに東吾が反問したのは、

「五歳のちびが家出というのは、おかしかないか」

「ですから、事情があったわけです」

昨日の午後、中村屋伊兵衛の長男で長松という十歳になるのが、甘酒を飲んでいて、

「変な匂いがする」

といって吐き出した。そのあと、すぐに具合が悪くなって何度も吐き、医者がかけつけて来て容態をみ、捨てないで残っていた甘酒を調べてみると、

「とりかぶとの毒が入っていました」

とりかぶとはキンポウゲ科の植物で、秋になると、舞楽の時に用いるかぶとのような恰好をした青紫色の花をつけるところから、その名がある。本来は毒性のあるものだが、根が神経痛の痛みどめに効果があって、

「中村屋のような薬種問屋でも、薬として扱って居ります」

それにしても、そんなものを誰が持ち出したのかと、店中を集めてきびしく調べてみると小僧の一人が、その昼、薬種の並んでいる戸棚のあたりを正吉がうろうろしているのをみたといい、そのあたりにとりかぶとがしまってあった。

母親が正吉を問いただすと、すぐに泣きながら、自分が長松の甘酒にとりかぶとを入れたと白状した。

「知らなかったんじゃありませんか。とりかぶとにそんな毒があるってこと……」

るいがいい、源三郎が手を上げた。

「それがそうでもない具合で……、藤助がきいたところによりますと」

たまたま、数日前に番頭の長左衛門がとりかぶとを調合しているところへ、正吉が遊びに来たので、

「これは、うっかり口に入れますと、とんだことになる怖しい薬ですから、決しておいたをなすってはいけません」

とくれぐれもいってきかせたというのである。

「知ってたんですか、あの坊やさん……」

お吉ががっかりした声でいい、るいも眉をひそめた。

「それじゃ、どうして……」

五歳の子供が兄に殺意を持つというのは容易なことではない。

「長松と正吉は、本当の兄弟ではないそうです」

この男にしては、珍しく屈託した様子で源三郎が話し続けた。

「長松は、伊兵衛の先妻の子、正吉は後妻に来た今の女房の連れ子だということで、おとせという正吉の母親は生さぬ仲で気を使ったのでしょう。長松を非常に可愛がりまして、実子の正吉にはきびしかったそうで、それがこうじて、正吉は長松に憎しみを持ったのではないかと、藤助は申しています」

幸い、長松は甘酒を吐いてしまって、その後の容態は命に別状もなく、中村屋のほうでも事件を表沙汰にする気はないし、藤助にしても、正吉をお縄にする量見はないのだが、

「この先、どうなるのか、と心配をしているようです」

酒も二、三杯、折角の料理には箸もつけずに、源三郎は気の重い顔で、やがて八丁堀へ帰って行った。

「どうも、生さぬ仲ってのは厄介だな」

「おとせさんっていうお内儀さんが立派すぎたんじゃありませんか。普通なら、継子《ままこ》いじめをしたって当り前なのに……」

「そいつが裏目に出たんじゃなんにもならないだろう」

東吾にしても、少々、酔えない感じのその夜の酒だったが、更けて、るいと枕を並べてしまえば、そこは他人の家のことで、とりかぶとも生さぬ仲も知ったことではなく、

久しぶりの逢瀬にどちらも我を忘れた。

翌日も昼近くまで、るいの部屋でごろごろしていた東吾が急に、

「本町三丁目まで行ってみようじゃないか」

と着がえをはじめ、るいのほうも亭主の好きな赤烏帽子《あかえぼし》で、まだ出かけるには寒い風の中をいそいそとついて行った。

本町三丁目までやってくると、吹きっさらしの中で立ち話をしていた男が、

「こりゃあ、神林の若様で……」

慌てたように近づいて来た。昨夜、源三郎の話に出た藤助というお手先で、本業は一膳飯屋だが、そっちはしっかり者の女房にまかせて、当人は町内をとび廻っている。

「源さんに話をきいて、野次馬にやって来たんだ」

前からの顔なじみだから、東吾もざっくばらんで、

「中村屋ってのは、どの店だ」

ずらりと並んだ店の大方が薬種問屋で「薬種」と書いた大看板や、安産膏、天女丸、中風中気第一の薬、烏犀丹だの、家秘・朝鮮人参丹だの、小児万病・琥珀丸、疱瘡安全湯などさまざまのその店の家伝秘伝の妙薬の看板が目白押しになっている。

中村屋は、その中でも立派な店がまえであった。間口も広いし、屋台の造作もしっかりしている。

「ちょいと、お待ち下さいまし」

藤助がついと店へ入って行って、二言三言話をして出て来た。

「帳場格子の中に居たのが、お内儀さんのおとせさんで、手前が話をして参ったのが、番頭の長左衛門で……」

「おとせというのは美人だな」

歩き出しながら、東吾が感心してみせた。

「この辺りでは評判のお内儀さんで、おとせさんが帳場にいるだけで客が来ると申します」

いってみれば看板女房だが、

「あんまり女房がいい女だと、亭主は憎がられるんじゃないか」

川柳に、

見世先へ出ては亭主を憎がらせ

などというのをひきあいに出して東吾は茶化したが、藤助は大真面目で、

「大体、大店の御主人にはお内儀さんをあんまり人前に出したがらないお方が多うございますが、あそこの旦那は別っこで、町内の祝儀不祝儀にも必ず、お内儀さんを連れて顔を出すので、評判になって居ります」

「夫婦仲のいいのはけっこうじゃないか」

本町を通り抜けてから、ちょいとした甘い物屋へ入ったのは、藤助が酒をやらないのを知っていたからで、るいと藤助は嬉しそうにあんころをつまんでいるが、東吾はもっ

ぱら煎茶をすすってばかりいる。

「おとせさんというのは、町医者の娘さんだったそうで、養子をもらって、今の正吉さんが生まれたばかりの時に、家が火事になり、父親と聟《むこ》さんは家財道具を運び出そうとしていて、火に巻かれちまったようです」

中村屋伊兵衛の後妻に入ったのは、半年ほどあとで、

「まあ、おとせさんにしてみたら、正吉という子供のさきゆきを考えたからでしょうが、今度のようなことが起ると、それが裏目に出たと申しましょうか……」

流石《さすが》に自分の縄張り内のことで、藤助の眼は行き届いていた。

その日は大川端へるいを送って、八丁堀へ帰った東吾だが、翌日はもう日が暮れる前から「かわせみ」が恋しくなって夜になるのを待ちかねるようにしてるいの部屋へ行くと、

「今日、中村屋さんの御夫婦がおみえになったんですよ」

床の間に桐の箱がおいてあるのは、手土産に持って来た白縮緬《ちりめん》で、

「たいしたことをしたわけでもないからってお断りしたんですけど……」

るいは少々、困った顔をしている。

「なんですか、変な按配でしたんですよ。お内儀さんが一本のほつれ毛もないくらいに髪を結い上げて、着物といい、帯といい、そりゃあ、けっこうな身なりをなすって、こっちは、血の続かない子供さん同士のことで内輪に悩みごとのあるのを知っていますで

しょう。ちぐはぐっていうか……、いやな気がしましたんですよ」
お吉がしきりにいいつけるのは、着飾った濃化粧の女房を、中村屋伊兵衛が自慢たら
たら伴って歩いているような印象が強かったせいらしく、
「年頃の娘さんを着飾らせて、お父つぁんが自慢して歩くってのは愛敬がありますけど、
女房をみせびらかしているのはいけ好かないじゃありませんか」
「お吉のいい分だと、俺も相当、いけ好かない男ということになりそうだな」
袴の紐をほどきながら、東吾がるいに笑った。
「俺も、女房が自慢で、あっちこっち連れて歩きたがる奴だからな」
るいが袂《たもと》でぶつ真似をして、お吉は慌てて台所へ逃げ出して行ったが、すぐに戻って
来て、
「畝様からお使がみえて、中村屋さんの倅さんが殺されましたって……」
別に来てくれと、源三郎のことづけがあったわけではないが、こういうことになると、
まことに好奇心の強い「かわせみ」の連中にけしかけられて、東吾は一度、脱いだ袴を
はき直し、まっしぐらに本町三丁目へかけつけて行った。
店は、まだ宵の中なのに大戸を下し、そこに藤助のところの若いのが立っていて、東
吾をみると急いで腰をかがめた。
「畝の旦那は、うちの親分と番屋のほうで」
事情を訊くということで、おとせと正吉をつれて行ったという。

「ということは、殺されたのは長松か」

「へえ、例のとりかぶとの一件から、大事をとって寝かされていたんだそうですが、今日の暮れ方、薬を飲んだとたんにいけなくなっちまったようで……」

検死では、

「やっぱり、とりかぶとの毒だそうです」

「しかし、命に別状はないということじゃなかったのか」

「それはこの前で……、今日は、それとは別にごっそり盛られたんです」

店の中はひっそりしていた。むしろ、近所隣のほうがさわぎを伝え聞いて中村屋のまわりをうろうろしている。

「くやみに行ったものかと相談されて、弱ってるんです。なにしろ、お内儀さんがひっぱられちまって、お通夜どころじゃないでしょうから……」

番屋に行ってみると、畝源三郎がおとせを調べている最中であった。おとせは取り乱した様子だったが、正吉をしっかり抱え、子供も泣くことを忘れたように母親にしがみついている。

「長松に薬を飲ませたのは、たしかに私でございます。源庵先生に調合して頂いたとりかぶとの解毒剤で、今日の夕方まで飲ませればといわれて居りました」

いわば最後の一服を煎じて、長松に与えた。

「長松が、飲みたくないと申しましたのを、これだけ飲めば、以前のように元気になる

といいきかせまして……、それが……」

声が慄えて、咽喉の奥が笛のような音をたてている。蒼ざめた表情は死人のようで、肩先が時折激しく痙攣《けいれん》するのは、受けた衝撃が大きすぎたためらしい。

「正吉が、とりかぶとを持ち出した、或いはこの前の残りをどこかにかくし持っていたということはどうか」

源三郎が訊き、おとせがすぐに答えた。

「そんなことは、決してございません。とりかぶとの戸棚は、あの時から封印を致しまして、主人の他は取り出せないことになって居りますし、正吉の身の廻りは、この前に私がきびしく改めました。この子が持っているわけはございません」

全身の力をふりしぼったような声が重ねて、

「正吉のために申し上げます。この子はとりかぶとが命にかかわる毒とは知らなかったのでございます。番頭さんの話を、なめたらお腹を痛くするぐらいに聞いたそうで、それで……つい……」

「其方は生さぬ仲の長松に遠慮の余り、実子の正吉をきびしく叱り、その故に正吉は長松を憎んでいたというのは本当か」

おとせの眼から涙が吹きこぼれるように頬を伝い、その母の腕の中から、五歳の子供が源三郎へ必死の眼をむけた。

「違わい、おっ母ちゃんが叱るからじゃない。俺は……兄ちゃんがあんまりいじめるか

ら……」

わあっと母子が声を上げて泣き出すのを、藤助にまかせておいて、源三郎は東吾の待っている平土間のほうへ戻って来た。

「源さんらしくもねえな。ちっと早とちりじゃないか」

東吾のほうが伝法な口調になるのに、相変らず八丁堀の旦那らしくないおっとりした顔で、

「手前は、おとせが下手人と思っているわけではありません」

あの家に、おとせ母子をおくのは危いと考えたからだという。

「犯人《ほし》は誰なんだ」

源三郎がにやにや笑い出した。

「それがわかれば、東吾さんに使なんぞ出しませんよ」

三

おとせ母子は暫く番屋へとめおくという形にし、藤助にこまごまといい含めてから、源三郎は東吾と一緒に「かわせみ」へやって来た。こっちは、もう待ちかねていて、腹の減った二人が湯漬けをかっこむ傍から、あぁだこうだとしたり顔が口を出す。

「あのお内儀さんが下手人のわけはございませんよ」

まっさきにいい出したのは嘉助で、

「手前は正吉さんが家の物置でみつかった時、知らせに参って、あのお内儀さんに会っています。子供がみつかったときいて、お内儀さんは狂ったみたいになってとび出して来た。あんなに子供を大事にしてなさる人が、人殺しをするわけはねえ、自分が人殺しになったら、残った我が子がどんな思いをするか、わからねえ人じゃねえと思います」

「子供をかばったってことはありませんか」

お吉もすっかり八丁堀の奉公人時代に戻った顔で、

「畝様のお話だと、正吉は殺された長松に随分、いじめられていたみたいじゃありませんか、子供のことだから口惜しくなって、又、とりかぶとを薬の中へ放り込んだ、それを、おっ母さんがかばってるんじゃないでしょうか」

源三郎が箸をおいた。

「たしかに、長松は義理の弟の正吉を目の敵にしていじめ抜いて、それを母親のおとせが叱ることも出来ないで泣く泣く我が子に辛抱させていたようなところはあるようです」

長松にしてみれば、自分の母親が死んでしまって、父親には新しい女房が来た、おまけに、その女には子供がある。

「生みの母親のいる正吉が羨《うらやま》しくも、ねたましくもあったのでしょう。おまけに長松は祖母の、中村屋の隠居が甘やかして、かなり我儘《わがまま》だったといいますから……」

五歳年下の正吉は力では到底、長松に敵し難く、それをいいことに、長松は菓子や玩

具を取り上げるやら、みせびらかすやら、あげくの果には理由もないのに叩いたり、つきとばしたり、正吉には生傷が絶えなかったと、これは中村屋の女中から藤助がきいて来たことだと、源三郎は話した。

「ですから、正吉がとりかぶとを、それほどの猛毒とは知らないで、長松の食べ物に放り込んだのはわからないこともありません。しかし、今度は正吉ではないでしょう」

おとせを取調べている時、正吉は五歳のちびながら、母親を守る気配をみせた。

「あの子は、もしも自分がやったのなら、手前に白状している筈です」

赤ん坊の時から他人の家で育って、母親の苦しい立場を小さいながら理解している。

「おそらく、かばい合うようにして生きて来た母子だと、手前は感じました」

それは、取調べをきいていた東吾も同意見であった。

「俺にも憶えがないでもないな」

母親が死んだ時、東吾はまだ幼かったが、死の数日前に病床の母が東吾と兄の通之進を枕辺に呼んで二人の手を一つにして、自分の両手で暫く、はさみ込むようにしていた。

「母上は弱っていて、もう口もきけなかったんだ。それでも俺は、母上が自分の死んで行くのを知っていて、俺達にいつまでも仲よく、助け合っていってくれと念じて、二人の手を握りしめているのだとすぐわかった」

東吾は泣き出したが、兄は泣かず、やがて母の傍から東吾を別室へ連れて行って、泣いている弟の手を母がしたように握りしめて、長いことすわっていてくれた。

「その時、俺は兄上の手を、母上の手と同じだと思って、泣くのをやめたような気がするんだ」

お吉が大きな音を立てて鼻をかんだので、東吾は慌てて、話のむきを変えた。るいまでが、眼をまっ赤にしている。

「中村屋の長松殺しは、誰の仕業だろうな」

これも、ちょっとうつむいていた源三郎が顔を上げた。

「長松は、中村屋の跡取りです。長松を殺して得になる者を探すのが常識といえますが……」

伊兵衛には妾《めかけ》が二人いる。

「そっちから、まず手をつけてみるつもりですが……」

翌日、東吾は一人で本町三丁目へ行ってみた。昨夜、つまらない子供の頃の思い出話をしたせいで、どうも、歿《なくな》った母親と、おとせが気持の中で重なっている。

藤助は番屋にいて、

「今しがた、畝の旦那がおみえになりまして、もしも、神林の若様がお出でなすったら、これをごらんに入れるようにと……」

紙に達筆で書いてあるのは、どうやら中村屋伊兵衛の家族や奉公人の身許調べのようである。

「源さんは、伊兵衛の妾をあたってみるということだったが……」

藤助は自分で東吾のために茶をくんで出しながら、軽くぼんのくぼに手をやった。

「伊兵衛には、二人の妾がございまして、一人は柳橋の芸者だった女で、お歳といいまして、これは小梅に妾宅がございます。もう一人は、昔、あの家に奉公していた女中に手をつけたもので、おはまといいまして、長谷川町にやはり一軒、家を持たせて居ります」

どっちの妾宅にも十日に一度の割合で泊ってくるが、

「子供はございません。それに、伊兵衛は二人の妾に決して本宅の敷居をまたがせないそうで、これは奉公人たちも心得て居ります」

従って、妾のどっちかが中村屋へやって来て、寝ている長松に毒を盛るということはまず考えられないし、事実、

「二人はどちらも昨日、家から出かけなかったことが、若い者の調べでわかって居ります」

「当人が手を下さなかったとしても、誰かを使ってということはあるだろう」

中村屋の奉公人はまず筆頭が番頭の長左衛門で年は四十二歳の本厄で女房子は居らず、中村屋に寝泊りしている。手代は二人いて、富三郎という、この前、「かわせみ」に正吉を迎えに来たのが二十一歳、もう一人の千代次郎が二十三歳。

「千代次郎というのは、近く知り合いから嫁をもらうそうで、そうなれば通いになるという話でございます」

女中が三人、おいち、おもと、おきよといい十七、十六、十四とみな年は若い。

「身許は三人とも、しっかりして居ります」

「この中で、妾のおはまと同じ頃に働いていたのは誰と誰だ」

東吾の問いに、藤助が困ったような顔をした。

「それが、おはまというのは伊兵衛よりも二つ年上で、四十二歳になりますんで、二十歳の時に、伊兵衛のお手がついたといいますから、今いる奉公人の中では、番頭の長左衛門ぐらいでございましょうか」

その頃は、彼も二十歳で、まだ手代になったばかりである。

「おはまというのは、手前も知って居りますが、どちらかといえば大人しい女で、長谷川町で小間物屋の店を出させてもらって、一生、安楽に暮らせるのを、有難がっているふうですが……」

「長左衛門とおはまが恋仲だったというようなことはないかな。たとえば、おはまが主人に手ごめにされていいなりになった。長左衛門としては奉公人の立場で苦情もいえない。四十二にもなって、長左衛門が独りでいるのは、そのせいだ」

東吾があてずっぽうに喋《しゃべ》り立てると、藤助は眼をぱちくりさせた。

「とにかく、長左衛門を洗ってみろよ」

ここまで来たついでだからと番屋の奥へ行ったのは、おとせに会うためで、「かわせみ」を出るとき、るいから差し入れてくれとことづかって来た肌着や食物がある。

おとせは正吉と神妙にしていた。どこかあきらめ切った様子でもあり、思いつめた表情でもある。化粧っ気もなく、普段着だが、むしろ、この前、店でみかけたよりも美しいと東吾は眺めた。差し入れの菓子を押し頂くようにして、正吉に与えている。

「おかみさんは、番頭をどう思う……」

さりげなく東吾が訊ねた。

「あいつは、どんな奴だ」

「どんなとおっしゃられましても……」

おとせの口調は静かだった。戸惑っている様子はない。

「主人がまだ若い頃からの奉公人で、大変な忠義者でございます。主人も、誰よりも信じて居りますし……」

「女はどうなんだ。どこかに好きな女がいるとか……」

おとせの返事はきっぱりしていた。

「番頭さんに限って、そんなことはございません」

八丁堀へ帰ってくると暫くして、源三郎が訪ねて来た。

「番頭と、伊兵衛の妾ということですが……」

藤助からきいたといわれて、東吾が眩《まぶ》しい顔になった。

「さっきは、そう考えたんだが、なんだか、そんな気がしなくなって来た」

「何故ですか」

「自分でもわからないが……」

ひっかかっているのは番頭が厄年になっても女房をもらっていないことだが、

「大店の番頭には時々、そういう変り者がいます」

金を貯めるのに夢中になると、女房をもらうのも、家を持つのも惜しくなって、そのかわり、給金はそっくり残る。

「中村屋の番頭も、かなりの金を貯めたようで、何年か前に主人の伊兵衛に相談して本所のほうに家作を何軒か持ったということです」

「流石に定廻《じょうまわ》りの旦那は行き届いているな」

東吾は嘆息をついた。

「奉公人の中に、あやしい奴はいないのか」

「一応、持物を調べさせましたが、これといって出ませんでした」

いつまでも、おとせ母子を番屋へとめておくわけにも行かないと源三郎はいささか弱り切っている。

藤助がやって来たのは、兄嫁の香苗の心づくしで、東吾の部屋に酒が運ばれ、源三郎と男二人の殺風景な酒盛がはじまったばかりの時で、

「旦那のお屋敷へうかがいましたら、大方、神林様ではないかといわれまして……」

一緒に来たのは十五歳くらいの小僧で、

「中村屋に奉公している参吉と申しますんで……」

藤助が小さな風呂敷包をさし出した。

「中村屋の店の奥の天袋の中から、みつけたというんで」

今朝、掃除をしていたら、天袋のところの板が少しずれているのに気がついたが、その時はそのままで、あとになってどうも心にかかるのでめくってみたら、この包が出て来たという。

参吉は、はっきりいわなかったが、その日、奉公人の持物の調べがあったので、はっと思ったということらしい。

「中身はなんだ」

「それが、妙なもので……」

源三郎が開いてみると、女物の長襦袢《ながじゅばん》が一枚と紅白粉《おしろい》に香油の入った小箱が一つ。

つくづく、長襦袢を眺めていた東吾がいい出して、そこから一同そろって「かわせみ」へ行った。

るいの部屋でもう一度、風呂敷包がほどかれる。

「長襦袢は……随分、大柄の人のものだと思います」

丈が長いのは、おはしょりをして着る人もいるからなんともいえないが、裄《ゆき》も長いし、身幅も広い。

「やっぱり、そうか。どうも一つ、おかしいと思ったんだ」

東吾が次に小箱をあけた。

「上等の紅白粉ですけど……」

丁寧に手にとってみつめ、るいが首をかしげた。

「なんといったらいいのか、荒っぽい使い方だと思います。それに白粉刷毛《ばけ》も紅筆も毛先がこんなに痛んでいるのを、まだ使ってるってことが……」

新しいのを買う金を惜しんだにしては、紅や白粉が高価なものだけに、ちぐはぐな気がするとるいはいった。

「あたしだったら、こんな高いものは買いません。もっと安くても、いいものがあるんですから……」

刷毛や紅筆の痛んだものを使い続けるよりも、そっちに金をかける。

「だって、刷毛も筆も、そんなに高いものじゃありませんもの」

るいの話を満足そうにきいていて、東吾は参吉へなんでもない声でいった。

「お前は、こいつを天袋へかくしたのが誰か知っているんだな」

小僧はぴくりと慄え、下をむいた。

「天袋の板がずれていて気がついたというのは嘘だろう、お前は思いがけない奴が思いがけない場所にものをかくすのをみて、おかしいと判断したんだ」

年に似合わず、利発な小僧だと、東吾は柄にもなく参吉をおだてた。

「正直にいったほうがいい。お前がお内儀さんや正吉に同情しているならば、尚更だ」

参吉が決心したように顔を上げた。

「申します。そいつをかくしたのは……」

四

小さな風呂敷包は、参吉の手で店の誰にも知れないよう、元の場所に戻された。

その夜があけて、「かわせみ」で待っていた東吾のところに、源三郎がすすけた顔をした藤助と一緒にやって来た。

「いや、もう、いけ好かないものをみちまって……」

藤助は吐きそうな顔で、お吉が持って来た梅干でお茶を飲んでいる。

「昨夜とは早かったな」

東吾が笑い出し、るいが眉をしかめた。

「本当なんですか、ご主人と番頭さんが、そんな仲だなんて……」

少し、元気をとり戻した藤助が手柄顔に話し出したのは、昨夜の奇妙な張込みで、

「まあ、旦那のおいいつけでしたから仕方がありませんが、つくづく、盗っ人の真似事は剣呑《けんのん》だと思いましたよ」

更けてから、藤助は若い者と二人、中村屋へ忍び込んだ。

手引をしたのは小僧の参吉だが、

「もし、誰かにみつかったら、どうしようかと思うと、足がふるえて仕様がありませんでした」

主人の伊兵衛の寝部屋の外に藤助が忍び、番頭の長左衛門のほうには、若い者がかくれた。

待つほどもなく、長左衛門の部屋から影のように人がすべり出して、廊下伝いに伊兵衛の部屋へ消えた。

「男と女の睦言も、聞いてる身にとっちゃあ馬鹿らしくて話になりませんが、野郎と野郎がいちゃいちゃしてるのは、気味が悪いやら、虫酸《むしず》が走るやらで……」

睦言の最中に、長左衛門はしきりにおとせが長松を殺したに違いないといい、主人のほうはそれに対して半信半疑で、

「証拠のない者を、罪人と決めるわけにはいかない」

といっていたという。

一刻ばかりで長左衛門は主人の部屋を出たが、

「奥から店のほうへ出るところの天窓からの月あかりで、うちの若いのが、長左衛門の恰好をみたってんですが、女の長襦袢に白粉を塗った顔で……、とんだ田舎芝居のようだったっていってました」

「どうやら、ネタは割れかけたようだな」

東吾が源三郎をみ、彼がいくらか気の重い顔で答えた。

「やってみますか」

その日、おとせと正吉は疑いが晴れたということで、中村屋へ帰された。

店の雰囲気はどこかぎこちなかったが、それなりに夜が更けて、おとせは最後まで甲斐甲斐しく台所で働いていて、やがて奥へ入った。

店も奥も寝静まったと思われる丑《うし》の刻（午前二時）すぎに、一つの影が台所へ忍んで来た。水桶の蓋をあけ、手の小さな包からなにかが水の中へ落ちる。

とたんに裏戸が開いて、提灯《ちょうちん》のあかりが台所を照らし出す。奥からも足音がして、行燈を下げた手代と、叩きおこされたらしい主人の伊兵衛がおそるおそる顔を出した。

長左衛門は茫然《ぼうぜん》と突っ立っていた。

裏口から入った藤助が、若い者に命じて長左衛門に縄をかけさせ、水桶に手早く封印をした。

「すぐに、源庵先生を呼んで来い」

水桶には、人の命を奪うに充分なとりかぶとが入っていた。

畝源三郎の調べに、長左衛門がすべてを白状したのは、夜明け前で、普段、温厚な物腰の源三郎が、こうした調べになると峻烈な八丁堀の旦那になる。

「長左衛門というのも、なかなかしたたかだったが、源さんが小気味のいい啖呵《たんか》でびしびしと急所を攻めて行くもんだから、しまいには返事も出来なくなりゃあがって、遂に恐れ入っちまった」

取調べをのぞいて来たという東吾が、「かわせみ」に話しに来て嘉助やお吉を興奮させたが、るいは一つ浮かない顔であった。

「なんだか、長左衛門という人も、かわいそうな気がします」

彼の申し立てだと、伊兵衛と深い仲になったのは、伊兵衛が最初の女房をもらう前からのことで、

「おはまって女中に手をつけるよりも、もっと古いんだ」

衆道というのは古くからあったことで、男と男の契りは、男女のそれよりも遥かに深いものらしいと、東吾はるいがいやな顔をしているのも平気で話している。

「いってみれば、長左衛門にとっても、伊兵衛にとっても、おたがいが初めての相手だったんだ」

長左衛門のほうは伊兵衛一筋だったが、伊兵衛は、まず、女中に手を出した。

「長左衛門がやきもちを焼くものだから、別宅へ移したが、女房をもらうとなればそうもいかない」

結局、長左衛門があきらめて、伊兵衛は妻帯し、長松が生まれた。

それでも、二人の仲はひそかに続いていて、とうとう、長左衛門のほうは女房も持たず、実直で忠義者の番頭として今日まで世間体をとりつくろって来た。

「やっぱり、不自然なことですから、気持がおかしくなったんでございましょうね」

嘉助も長左衛門に同情的で、

「それにしても、色と欲は怖いものでございますよ」

金を貯めるだけがたのしみになった長左衛門が、伊兵衛を独占したい気持と、中村屋

の身代を手に入れたい欲望が絡み合っていやな事件になったと判断している。

「長左衛門にしたところで、最初から長松殺しを考えたわけじゃない。ただ、たまたま、とりかぶとを扱っている時に正吉が来て、それはなんだというので、ふと思いついて、わざとうっかり口にすると腹が痛くなると教え、正吉がほんの少し盗み出して行くのをみてみぬふりをしていたんだ。長左衛門にしてみれば、子供の正吉が長松にいじめられて、口惜し泣きに泣いたあとの気持を、ちゃんと算盤《そろばん》勘定にはじき出している」

正吉は長左衛門の示唆通りに長松にとりかぶとを飲ませ、それは失敗に終ったのだが、ここで長左衛門の企みは、はっきり一つの形になった。

長松の薬に再び、とりかぶとを混じたのは勿論、長左衛門で、罪をおとせ母子になすりつければ、伊兵衛の周囲から子供も女房も一ぺんに片づけられる。

「伊兵衛を殺す気はなく、自分が伊兵衛の内儀さんのような立場になりたかったんだろう」

好きな男の子供でも、それが女に産ませた子供なら殺すことに抵抗はなかっただろうと東吾は考えている。

「おとせはうすうす気がついていたんだな。だから、あんなにはっきりいい切ったんだ」

番頭の女のことをたずねた東吾に、

「番頭さんに限って、そんなことはありません」

ときっぱりしすぎた返事が戻って来たときの、異様な雰囲気を東吾は思い出した。

「あれは、俺に遠廻しに訴えたかったのかも知れないな」

「よくそんなに女の人の気持がおわかりですこと……」

るいがつんとして、「かわせみ」の居間からは、その話が消えたが、更に数日後、るいの女心にはとんと無頓着な畝源三郎が新しい中村屋の消息を持って来た。

「おとせさんがどうしてもとのぞんで、中村屋から離縁をとりました。子供と二人、人を頼らずに生きて行きたいと申しまして……」

乗りかかった舟で、どこかに働き口をさがしてやりたいと思うが、東吾に心当りがないかという。

「かわせみをあてにしても駄目だぞ、源さん、るいってのは、案外、やきもちやきなんだ」

るいが座をはずした時に、東吾はそっとささやいて首をすくめた。

「あてはあるんだ、あとで話す……」

大川の上に、もう春を思わせる月が上っている。

奥女中《おくじよちゆう》の死《し》

一

その夜、「かわせみ」には更《ふ》けてから客が着いた。

出迎えた番頭の嘉助が、おやと思ったのは、その女客が、お高祖頭巾《こそずきん》をかむっていたせいである。

大川端の水もすっかりぬるんで、一日一日と春が濃くなっている。

殊に、その夜は、やがて雨でも来るのか、むっとするような生温かさであった。頭巾を用いる陽気ではない。

その上、客は、はじめて見る顔であった。

「かわせみ」の客の大方は、常連か、それらの人々からの紹介と決まっていた。が、物腰は如何にも高雅であった。

「まことに相すみませぬが、一夜のお宿を願えませぬか」

という声も落ちついていて、やや濃化粧の顔を、それとなく嘉助が窺《うかが》ってみると、年の頃は四十がらみ、もう無分別の峠は、とっくに越えている。身につけている衣裳も結構ずくめで、これはなにか事情があると思いながら、

「よろしゅうございます、どうぞ、お上り下さいまし」

と答えたのは、どうも、元八丁堀の捕方で鳴らした時分の好奇心のせいであるらしい。

案内をした部屋は離れになっている藤の間で、夜更けのことだから雨戸を閉めてしまって見えはしないが、縁側がすぐ藤棚の下になっていて、花の盛りにはまことに風情のある、「かわせみ」では上等の部屋であった。

厚い座布団に、女物の脇息《きょうそく》を出して席を作ると、客はゆったりした物腰で、そこに直った。

そこまで見届けて、嘉助は帳場へ戻って来たのだが、やがて宿帳とお茶を運んで行った女中頭のお吉が、

「番頭さん、どうも、ちょっとばかりおかしなお客さんじゃありませんか」

いくらか難しい顔でいいつけに来た。

「夜の御膳はいらないから、御酒だけ運ぶようにって、女だてらに一人で酒盛かと思ったら、連れが間もなく到着するっていうじゃありませんか」

うちは出逢い茶屋じゃないんだから、そういうお客はお断りするようにと、お嬢さん

から、いわれているのに、とお吉に睨まれて、嘉助は苦笑しながら、宿帳を開いてみた。

水戸家奥女中、みよじ、という筆跡が息を呑むほど美しい。

こりゃあ大変な泊り客だと、嘉助も内心、少々、蒼くなった。

御三家の奥仕えをする女中というのは、なかなか厄介な身分だということを、嘉助は心得ている。

お吉に酒を運ばせてから、宿帳を片手に奥の女主人の部屋へ行ってみると、このところ「かわせみ」に入りびたっている神林東吾がるいの膝枕でうつらうつらしているのを、また、うっとりした表情で眺めている女主人の横顔が行燈《あんどん》の灯《ほ》かげで、なんとも色っぽい。

どうも、声をかけるのは野暮の骨頂と知りながら、嘉助は開けっぱなしの障子のところで、わざとらしい咳ばらいをした。

すぐに、東吾の起き上る気配がして、

「嘉助じゃないか、なにかあったのか」

自分が「かわせみ」の主人のような口ぶりがかえって来た。

「申しわけございません、ちっと、面倒なお客をしてしまいまして……」

宿帳をるいに渡すと、ちらと見ただけで、東吾の前へ廻した。普段はしっかり者の旅籠のおかみさんなのに、好きな男の来ている時は、なにもかも頼りっきりで、何事も自分で判断をしようとしない。

「水戸家の女中とは、変ったのがやって来たな」

「かわせみ」も随分、名前が売れ出したものだと笑っている東吾に、一足遅れてやって来たお吉が頰をふくらませて口をとがらせた。

「お屋敷の外で媾曳《あいびき》でもするんでしょうか。あとから連れが来るって、しゃあしゃあとしているんですよ」

「きれいな女か」

ちょっと膝を乗り出すようにして、東吾は派手にるいからつねられた。

「美人かも知れませんけど、今更、色だの恋だのってお年じゃありませんよ」

同性のことだけに、お吉は嘉助よりも容赦がない。

「あとから来るのが、男とは限るまい」

とにかく、どんな連れが来るのかと、「かわせみ」のみんなは心待ちに待っていたが、真夜中になっても「かわせみ」の戸を叩く者はなかった。

藤の間の客は、お吉が夜具の用意をしても寝る気配はなく、一人でひっそりと酒を飲んでいる。

「どうぞ、東吾様もおるい様もお寝《やす》み下さいまし。手前が不寝番《ねずのばん》を致しますから……」

女中達をやすませて、嘉助はるいの居間へいいに来たが、

「なにか間違いでもあるといけない、今夜は俺も起きていよう」

るいが怨めしそうな顔をするのもかまわず、東吾は帳場へやって来て嘉助と無駄話を

しながら、結局、夜をあかしてしまった。

が、朝まで待っても、誰も来ない。

「藤の間のお客様は、とうとう、横にもおなりにならなかったようでございますよ」

夜具を片づけに行ったお吉の報告をきいてから、東吾は庭伝いに、藤の間の向いのあたりまで行ってみた。

みよじという女は縁側で庭を眺めていた。柱に片手をかけた立ち姿は絵のようで、なかなかの風情がある。

遠目のせいもあろうが、細面の美しい面立で、体つきは若い女のようであった。

東吾がるいの部屋へ戻って来て、朝飯の膳についていると、嘉助がやって来た。

「藤の間のお客様が、使を深川の材木問屋、大忠へやってくれとおっしゃいまして……」

結び文を持った若い者が、たった今、出かけて行ったという。

「深川の大忠といえば、たしか大名屋敷にも出入りしている大店だったな」

深川の色街へ遊びに行く道中に、その大層な店がまえをみた東吾がいい、

「手前の記憶では、水戸様御用の商人だったように存じます」

打てば響くような嘉助の返事だ。

一刻もすると、「かわせみ」から出した使が戻ってきたが、一人ではなく、駕籠の用意をした中年の男が一緒であった。

「お初にお目にかかります。手前は、深川の大忠の番頭、忠三郎と申します。昨晩はお嬢さまが御厄介になりましたそうで、お迎えに参りました。どうぞ、お取次下さいまし」

腰の低い挨拶と共に、嘉助に旅籠代と、他に紙にくるんだものを差し出した。

「不躾《ぶしつけ》でございますが、どうぞ、昨夜からのことは御内密に願います」

東吾が帳場でみていると、嘉助は柔和な眼で笑い、紙包をなんともいい手付で相手の袂へ戻した。

「手前共は、宿屋商売、お客様のことは何一つ、口外しないのが店のきまりでございます。御心配は御無用でございますよ」

お吉が先に姿をみせ、続いて、みよじがおっとりと歩いて来た。

嘉助やお吉に品のいい会釈《えしやく》をして、番頭に助けられて駕籠に乗る。

やわらかな春の日ざしの中を、駕籠はひたひたと今きた道を戻って行った。

「まるで、お芝居でもみているようでした」

ぞろぞろと、るいの部屋へ戻って来て、お吉がいい、

「大忠のお嬢さんが、水戸様の奥仕えをなすっていたんでございますね」

嘉助が嘆息をついた。それにしても、なんのために「かわせみ」へ泊りに来たのかわからない。

「誰かと、ここで落ち合う約束だったのを、相手が都合で来られなくなったのか、すっ

ぽかしたのか」

大方、そんなことだろうと話が落ちつきかけた時、東吾がよけいなことをいった。

「あの女、まだ男知らずだぞ、帯から下の歩きっぷりが、まるで、るいなんかと違うんだ。みる奴がみれば、一目でわかるもんだ」

嘉助とお吉は慌てて部屋をとび出して、暫くは用があっても、部屋へは近づかないようにした。

二

夕方まで、のんびりとるいの部屋で午寝をして八丁堀の屋敷へ戻ってくると兄嫁の香苗が、ほっとしたように出迎えた。

「只今、兄上様が奉行所からお下りですよ」

兄の神林通之進は吟味方与力で、東吾より一廻りも年上だが、子供がないせいか夫婦そろって、まだ新婚のような雰囲気がある。

神林どのにお子がないのは、御夫婦仲がよろしすぎるせいでござろう、などと周囲からやっかみをいわれる所以《ゆえん》でもあった。

東吾が居間へ入って行くと、通之進は着がえのすんだところで、三日も外泊した弟が間の悪い顔で高い敷居をまたいでくるのをおかしそうに眺めていた。

「久しぶりだな。東吾」

茶を運んで来た香苗が眼で制すのもかまわず、

「又、畝源三郎の手伝いでもしていたのか」

東吾は、眩しそうな眼をして、片手をぼんのくぼにやり、それから馬鹿に真面目な顔をした。

「兄上は、奥仕えの女中というのをご存じですか」

通之進は苦笑して煙草盆をひきよせた。弟が照れかくしに突拍子もないことをいい出したのに気がついている。

「奥仕えというと、大奥か」

「水戸様の奥仕えの女中です」

兄嫁から貰った茶を旨そうに飲み干した。

「奥女中というのは、一生奉公だとききましたが、嫁にも行かず死ぬまで奥仕えをするものですか」

「奥女中の身分にもよるだろうが……」

いわゆる高級女中になればなるほど、宿下りの自由もないし、お暇を願うのも難しくなるが、

「町方の娘などで行儀見習に上る者は、そんなこともあるまい」

町人や百姓の娘が、仮に大名の奥向きに奉公したとして、どんなに出世したところで、せいぜい火の番かお使番が行き止りだと、通之進はいった。

「そういう身分の者は、適当にお暇を頂いて嫁入りをする」

いわば、御殿奉公は嫁入りの箔づけであった。

「誰か、奥女中と近づきにでもなったのか」

兄にみつめられて、東吾は返答に窮した。迂闊《うかつ》な返事をすると、「かわせみ」に入りびたっていることが、ばれてしまう。どっちみち、どんなに香苗がかばってくれても、「かわせみ」のるいとの仲はお見通しの兄に違いないが、だからといって、東吾の口から「かわせみ」の名を出すのは具合が悪かった。

「別に、そういうわけではありませんが……」

折よく、用人が廊下へ来た。

「只今、畝源三郎が参りまして、東吾様が御在宅なら、少々、お話し申したい儀があると申して居ります」

兄夫婦がちらと眼を見合せている中に、東吾は一つ大きなお辞儀をして颯爽と居間をとび出していった。

「全く、源さんは救いの神だよ。おかげで助かった」

肩を並べて八丁堀を抜け出して、深川へ足を向けながら、東吾がいい、畝源三郎がにやにや笑い出した。

「以心伝心という奴ですか」

それにしても、源三郎の話が、大忠の娘で、昨夜、「かわせみ」へ泊ったみよじとい

う女のことだったのも奇遇であった。

「実は、今日、定廻りの途中、深川の自身番に大忠の番頭が待っていまして、昨夜の一件を打ちあけたのですが……」

要するに、源三郎のほうから大川端の「かわせみ」へ口をきいて、みよじが泊ったことを世間へ洩らさないよう念を押してくれと頼まれたという。

「随分、疑い深い番頭だな、かわせみじゃ嘉助が、あれだけ、きっぱりした口をきいたのに……」

「大忠では、みよじという娘をもて余しているようなところがありますな」

みよじというのは、奥仕えの時の名前で、

「本名はお勝、今年、四十二歳になるそうです」

「そんな年で、まだ御殿奉公をしているのか」

町方から奉公に上った者は、せいぜい火の番かお使番どまりだといった兄の言葉を思い出しながら、東吾はいった。

「いや、お勝は昨年の春に、水戸様からお暇を頂いています」

「それにしても遅いじゃないか、町方の娘は、嫁入り前の行儀見習のための奉公が多いそうだが……」

早速、兄の受け売りをひけらかした。

「お勝は十五の年に行儀奉公に上って、奥方のお気に入りになったそうですな」

町人の娘にしては学問好きで、利発者だったせいか、格別に奥方のお側付きにまで出世して、

「そのために、つい、お暇をとりそびれたとか申しています」

「それにしたって、女が四十二まで独りってのは、べら棒だぜ」

「東吾さんにとっては、べら棒でも、奥仕えというのは本来、そういうものらしいですな」

千代田城大奥などへ上ったら、まず一生、お城の外へ出られないのが建前だと、源三郎は柄になく博識なところをみせた。

「病気などの名目で漸く、お城を下るのは、四十、五十だと聞いています」

水戸家にしたところで似たようなもので、なまじ、お勝が利口な娘だったのが、むしろ不運になった。

「もっとも、お勝のほうも御殿奉公が性に合っていたらしく、特にお暇を願う気持もなかったそうですが……」

永代橋を渡って深川へ入ると、大忠の店はすぐであった。夜目にも豪勢な店がまえで、店の中には行燈がいくつも点《つ》いて、まだ人がいそがしげに働いているのが、外からもみえる。

その前を素通りして、源三郎は長寿庵と看板の出ている蕎麦屋《そばや》の入口をくぐった。

ここの主人の長助《ちょうすけ》というのが、若い時分から捕物好きで、商売のほうはもっぱら女房

にまかせっぱなし、畝源三郎から手札をもらって、まめまめしく町内を歩き廻っては、定廻りの旦那の手足になって働いている。

長助は店にいた。珍しく前掛姿で釜場にいたのが、源三郎をみると走って来て二階の座敷へ案内する。

夜のことで、蕎麦屋の二階には客がなかった。

すぐに気のつく女房が、酒を二、三本と種物を運んでくる。

「大忠の娘のことで、話をききに来たんだ」

源三郎がいうと、長助は嬉しそうに笑って膝を乗り出して来た。

「今日、自身番で、大忠の番頭が旦那にお願い事をしたって聞きまして、大方、今夜あたり、手前のところへお出で下さるんじゃないかと、あてにして居りましたんで……」

このあたりでも、大忠の四十すぎの娘のことは、とかく噂になっているという。

「なにしろ、長いこと、水戸様の奥仕えをなさってたんで、気位が高いって申しますか、すっかりお武家風になっちまって、大忠でも店には置けなくって、向島の寮のほうで奉公人を何人もつけて暮らさせているんです」

もっとも、当人の立場にしてみれば可哀想なところもあると長助はつけ加えた。

「大忠の主人は仁兵衛といって、今年六十八歳ですが、お勝さんの母親は早く死んじまって、後妻が来て居ります」

仁兵衛よりも二十四も年下で、義理の娘のお勝と二歳しか違わない。

「おまけに、そのおよねさんに子供が出来て、上の清吉さんが二十三、下のおたねさんが十九、どっちもいい年頃でございます」

そんな家庭に、すんなり融け込むことが出来ないのが当り前で、

「四十すぎまで御殿奉公をしていた理由も、大忠の家へ帰りづらかったせいじゃないかとうがったことをいう者もございますんで……」

長助の耳は、細かいところまで行き届いていた。

「お勝ってのは、けっこういい女だが、お屋敷奉公で浮いた噂なんぞはなかったのか」

東吾が口をはさみ、長助が鼻の頭をこすった。

「お屋敷でのことは存じませんが、お暇をもらってから、大忠ではだいぶ、縁談をさがしたようです」

縁談といっても、四十をすぎていることであった。

「後妻の口か、それとも持参金をつけて、お内証の苦しいお旗本かなんぞのところへでもやりたいと考えたようですが、なかなか都合のいい話はなかったそうで……」

この儘《まま》だと、一生、若隠居のような形で向島の寮で暮らす他はないという。

「金に不自由があるわけじゃありませんから、貧乏人からみれば、なんということもございませんが、そこは女のことで、嫁《い》かず後家ってのは、どうもお気の毒な按配だと、世間はいって居りますんで……」

種物で酒を飲んでいた東吾が、源三郎をみた。

「こいつは、やっぱり、水戸家のほうを聞いてみねえと埒《らち》があかねえぜ」

大川端の「かわせみ」で、お勝のみよじが待っていたのは、どうも、水戸家の人間ではないかと、東吾がいい、源三郎もうなずいた。

「水戸家には少々、知り合いがございます。それとなく聞いてみましょう」

水戸家に奉公している間に契り合った相手がいて、それと密会するために、お勝が「かわせみ」へ泊ったのだとすると、大忠の番頭が神経を使うのも無理ではない。

「おそらく、そいつは女房子のある侍だろう」

さもなければ、大忠の娘など、まともでは相手にならない身分の高い者か。

「かわせみに来なかったところから考えても、お勝にとって、あんまりいい相手とは思えねえが……」

それにしても、大忠の番頭や主人は、お勝の相手を知っているのだろうかと、源三郎は首をかしげた。

「うすうすは気がついているんだろう、さもなけりゃ、大忠の番頭がかわせみに口封じの金一封をおこうとした意味がねえ」

長寿庵を出た帰り道、もう一度、大忠の前を通ると、今度はみるからに頑丈そうな大戸が下りていた。

永代橋からみる大川は、男が二人で歩くには惜しいような朧《おぼろ》月夜であった。

三

その月の終りを、東吾は神妙に八丁堀の道場へ代稽古に出たり、兄の屋敷で香苗の話相手をしたりして過した。

畝源三郎がやって来たのは、神林家の桜がちらほら、ほころびかけた夕方で、

「例の奥女中の一件ですが、又、厄介な話が舞い込んで来ました」

畝源三郎のところへ、折入ってと大忠の主人の仁兵衛が訪ねて来たもので、

「向島の寮の周囲を、男がうろついていると申すのです」

どうやら、お勝に逢いに来ているようなのだが、

「玄関から案内を乞うて入ってくるわけではないので、女中達も姿はみたことがない。ただ、一度だけ、女中の一人が、お勝の部屋で人の話し声のするのを耳にしたといいます」

「お勝はなんといっているんだ」

東吾の問いに、源三郎が太い眉を寄せるようにした。

「それが誰も、お勝に訊けないそうで……」

長いこと、大名の奥向きに仕えて来た娘に対して、父親ですら遠慮が出来てしまって、ざっくばらんにものがいえなくなっている。

「不仕合せな話だな」

「明日、手前が向島を訪ねて、お勝に逢うことになったのですが、御承知のようにどうも女は苦手です。東吾さんが同行して下さると助かるのですが……」

源三郎の口車に乗せられて、翌日、東吾は大川を舟で向島へ渡った。

ちょうど花見時で、堤の上はかなりな賑いである。大抵が女連れで、花の下に敷物を広げ、持参の酒や弁当で昼間から浮かれているのを横目にみて、男二人がそそくさと歩いて行くのは、あまりいい恰好ではない。

「御用とはいえ、野暮な話だな」

大忠の寮は、向島もかなり奥まったところにあった。

地所は広く板塀が四方を囲っていて、その中に庭木とはいえないような大樹が鬱蒼《うっそう》と伸びている。塀に沿ってぐるりと廻ってみると、入口は表門が東にあり、南に小さな裏口が設けてある。西と北は隣屋敷との境で、ここには通路はなく、塀だけが両家の敷地の区切りをしていた。

「ざっと千坪、いやその倍はありますかな」

下手な大名顔負けの別宅に、二人は顔を見合せながら表門へ戻って案内を乞うた。

出てきたのは、いつか「かわせみ」へ来た番頭の忠三郎で、

「御苦労様でございます」

鉄無地の結城の着流しという東吾に、多少、いぶかしげな眼を向けたものの、丁寧に招じ入れた。

敷地の割合に建物はそう大きくない。

そのかわり、材木問屋だから普請は贅沢で細かなところに金をかけているものの、いわゆる成金趣味のぎんぎらぎんには程遠い瀟洒《しょうしゃ》な家屋で、母屋と離れ家に分れている。

案内されたのは母屋の座敷で、そこに食事の用意が出来ているらしかったが、剛直な源三郎のことで、

「お差支えがなければ、すぐにお勝どのにお目にかかりたい」

とにべもない。

母屋と離れ家は廊下で結ばれていて、そのあたりから建物が御殿風に変った。廊下の釘かくしには仰々しく家紋が入っているし、柱は黒塗りで襖障子も奥御殿好みである。

通された部屋は、お勝の居間らしく、壁には極彩色で源氏物語の若紫の巻の絵が描かれて居り、紫檀《したん》の違い棚には蒔絵の手箱がのせてある。

女中が茶菓子を運んで来たところで、お勝が忠三郎と一緒に入って来た。髪の結い方もお屋敷風なら、着ているものも、縫いのぼってり入った御所《ごしょ》解きで、その上に打掛でもかければ千代田城の大奥から出て来たといっても通用する。なんという名の香か、衣裳にたきこめてあるらしい匂いが濃厚にあたりに漂って、東吾はまだしも、源三郎は窒息しそうな顔をしている。

「お嬢さまに申し上げます。こちらは八丁堀の畝様で……」

番頭がとりあえず源三郎を紹介し、ぎこちない態度で廊下を戻って行った。女中もす

でに部屋には居ない。

「御用をうかがいましょう」

そっとお勝がうながした。今日も濃化粧だが、しっとりした美貌で、物腰も優しかった。

長い御殿奉公で権高になったという感じではない。

「このところ毎夜のように、この寮の附近を徘徊《はいかい》する者があるとの訴えがあってまかり出ましたのですが、貴女様には、なにかお心当りはございませんか」

単刀直入に源三郎が切り出し、お勝はかすかにかぶりをふった。

「一向に……」

「しかし、女中共の中に、深夜、この離れから人声が聞えたと申す者があるようですが」

「女中の空耳でしょう」

「先だって、大川端のかわせみと申す宿へお泊りになりましたな。その折、宿の者にあとから連れが来るとおっしゃったそうですが、その者について、お話し願えませんか」

まずい、と東吾は腹の中で苦笑した。女が苦手というだけあって、今日の源三郎は少々、固くなっていて、攻めがまともすぎるきらいがあった。相手が高飛車に出て、そのようなことは答えるに及ばないとひらき直ったら厄介である。

しかし、お勝は姿形とは裏腹に、素直であった。

「あれは、呼び出しの文が参ったからでございます」

文は短いもので、あの夜を指定して、大川端の「かわせみ」で待つ、というだけ、差出人の名はなかった。

「その文はお手許にございますか」

「いいえ、焼き捨てました。人目に触れては、はしたないように存じまして……」

「誰が届けて参ったのですか」

「この部屋にございました。女中にそれとなく訊きましたが、誰もおぼえがないと申しました」

「その日、ここへ参った者は……」

「呉服屋が参りました。あとは店から番頭の忠三郎が……、庭には植木職人が入っていたように存じます」

行儀のいい返事は行き届いていた。

「文の差出人にお心当りは……」

「ございません」

東吾がごく自然に膝を進めた。

「ちょっといいかな、源さん」

いつもの声でことわってから、お勝をみつめた。

「水戸家には三十年近くも御奉公だったとか。その間に御家中の侍とねんごろになさっ

たおぼえはありませんか」

お勝は頬も染めなかった。

「水戸様にては、奥向きと表とはきびしくへだてられて居りました。奥向きは殿様をのぞいて男子禁制でございます。ふしだらなことはありようがございません」

東吾はひるまなかった。

「先程、文の差出人の心当りはないといわれたが、それでも、かわせみへ行かれたのはどういうわけです」

かすかな微笑がお勝の白い顔に広がった。

「私、昨年の春に水戸様を下りましてから、ずっとこの向島の寮でございます。折角、町方に戻りながら、とんと外へ出る折がございませんでした。それ故、文はもとより悪《いた》戯《ずら》と承知して居りましたが、なんとのう、出かけてみたくなりました」

お勝が小娘のように、はにかんでいるのに東吾は気がついた。四十をすぎて、大名の奥仕えの他は、なにも知らない女であった。

「考えてみりゃあ、かわいそうなものだな」

向島を出て、東吾がすぐにいい出した。

「若い身空で御殿奉公に上って、三十年は籠の鳥だ。やっとお暇をとって出て来たら、親兄弟は煙ったがって寮の奥へ押しこめておく。犬や猫だって気がおかしくなるんじゃないか」

「大忠が、お勝を外へ出したがらないのは、世間が面白ずくにさわぐのを避けたかった為のようです」

庶民にとって、大名の奥御殿は夢まぼろしの世界であった。決して近づけもせず、のぞきみすることもできない想像だけの場所であってみれば、そこに長い年月、奉公して来た女に好奇心が集まるのも無理はなかった。

「まして美人で男知らずの大年増とくるんだからな」

お勝は文の差出人に心当りがあったのではないかと東吾はいった。あてもなく、好奇心だけで世間知らずの女が一人で冒険には出て来ない。

「まず考えられるのは、番頭か、呉服屋か」

忠三郎というのは四十のなかばだが、なかなかの男前である。もっとも、彼には女房子のいることが、長助の調べでわかっている。

「呉服屋へ廻ってみますか」

大忠へ出入りの呉服屋は京屋といって、深川に店がある。

長寿庵へ寄って、長助に声をかけ、彼がとび出して行ったあとで腹ごしらえをした。

戻ってきた長助は、若い手代を連れていた。

「京屋の手代の吉之助で……」

まだ二十二、三だろうか、役者にしてもいいような男前である。

お勝が気に入っていて、向島の寮には月に一度か二度、呉服物を持って御用をうかが

いに行く。お勝の部屋に例の文があった日に、向島の寮へ行ったのも彼であった。

「お前、まさか、お勝さんにつけ文したわけじゃないだろうな」

だしぬけに東吾がいい、吉之助はあっけにとられた。

「手前に、なにか」

「大忠のお勝さんの夜伽《よとぎ》をしたことはないかときいているんだ」

吉之助は女のように白い顔を赤くして東吾を見守った。

「悪い御冗談をおっしゃいます。あのような御身分のお方様に、手前のような者がなにを致しましょう」

「くどかれたこともないか」

「とんでもないことでございます」

「悪かった、俺の見込み違いだ」

あっさり、東吾は兜《かぶと》を脱いだ。

四

その夜、東吾は「かわせみ」のるいの部屋へ泊って、翌朝、裏の空地で木剣の素振りをしていた。

誰かの視線に気がついて振り向いてみると、思いがけないことに、そこに立っていたのがお勝で、少し先に駕籠が待っているところをみると、どこかへ出かける途中のよう

であった。

東吾と視線が合うと、お勝は上品な会釈をして傍まで来た。

「昨日、向島の寮へお出でになった時、どこやらでお目にかかったように思いまして……」

東吾は汗だらけの顔で笑った。

「かわせみの用心棒だと、気がついたわけですか」

諸肌脱ぎになっている東吾の筋骨たくましい肩や胸から汗が流れているのを、お勝の眼が不躾なまでにみつめている。流石に照れくさくて、東吾は手拭で汗を拭き、着物に肩を入れた。

「なにか手前に御用ですか」

いいえ、とお勝は少しうろたえたように視線を伏せた。

「今日はこの先の知り合いまで参ります用事があって……」

その途中だといった。向島でみた時より表情もいきいきしているし、顔色もいい。

「せいぜい、外へ出かけられることですよ。人の眼を気にすることはない。堂々と好きなことをしてお暮らしなさい」

よけいなことだと思いながら、東吾がつい、いったのは、それほど、その朝のお勝の表情がよかったからで、そんな東吾の言葉にはげまされたのか、

「ありがとう存じます。あなた様もおついでがございましたら、どうぞ、私共へお遊び

にお出で下さいまし。庭の桜もやがて見頃でございますから……」

丁寧に小腰をかがめて、お勝は駕籠へ戻って行った。

誰もみているまいと思ったのに、るいの部屋へ戻ってくると、

「あの人、なにしにみえたんですか」

熱い湯を手拭にひたしてしぼり上げたので東吾の背中を拭きながら、るいが抑えた声で早速いった。

「なんだ、みていたのか」

「お吉が知らせてくれたんです、東吾様が、いつかの奥女中と話をしていらっしゃるって」

「ここの奉公人は忠義者がそろっているんだな」

突っ立ったまま、体のすみずみまでるいに拭いてもらって、上から下までさっぱりと着がえをし、年下の亭主は余裕たっぷりで笑っている。

「いやらしいったらありゃしない。東吾様の裸を、あの人じっとみつめていたんですって……」

はしたないと思いながら、るいはいわずにはいられなくて、自分一人のものだと思っている男の背後へ廻って、そっと髪に櫛《くし》を入れる。

「お上品な御殿奉公で男の裸なんぞみたことがないから、びっくりしたんだろう」

奥仕えの御奉公で、男は殿様一人だったといったお勝の言葉を思い出しながら、東吾

は熱い番茶茶碗に手をのばした。

「るいらしくもないじゃないか。並みに嫁入りした女なら、亭主以外の男と口をきいたところでなんでもないだろう。まして、四十にもなれば息子や娘の嫁取り聟取りで夢中になっている年頃だ。若い男と立ち話をするくらい屁でもない。お勝さんがあの年まで嫁入り出来なかったのは、御殿奉公に上ったためだ。ただ、それだけのことなのに、ちょっと男と話をするだけで物欲しげだ、いやらしいと人はみる。人並みに女房になれなかった不仕合せの上に、他人がもう一つ、不仕合せの追い打ちをかける、俺は、そういう世間に腹が立つんだ」

るいが唇を嚙みしめ、それから慌てて手を突いた。

「堪忍して下さい。あたし、はしたないことをいいました」

急に眼の中に涙が盛り上って、ぽろぽろと膝にこぼれる。

「あたしに愛想をつかさないで……、もう決して、いやなことはいいません」

東吾は狼狽《ろうばい》してるいの肩を抱き、泣いている顔をのぞき込んだ。

「馬鹿だな。るいは……、俺はそんなつもりでいったんじゃない……」

夫婦同然の仲になって、いまだに晴れて世間へ披露をしてやれないのは、東吾の兄の神林通之進がいずれ弟に神林の家を継がせる気でいるためで、そうなれば吟味方与力の身分になる東吾が、まさか、そのむかし、同じ八丁堀の同心の娘だったのが、父親の死と共に、養子ももらわず同心の株をお上に返上して、宿屋商売をはじめたという、いわ

くつきの女を奥方にむかえるのは、決して容易なことではないとわかっているからで、いつかはるいのために、兄にそむく日が来ると承知していて、ずるずる日を送っている東吾であってみれば、日蔭の身のるいのつらさも悲しさもわかりすぎるくらいわかっている。やきもちの一つも嫉《や》きたくなって当り前と、むしろ、嫉かれるのを喜んでいるみたいな甘い恋人で、それだけにるいの涙には全く弱かった。

「かわせみ」の女主人の部屋は、朝だというのに、急に静かになって、そうなると番頭の嘉助も女中頭のお吉も、呼ばれるまでは決して近づかない。

「るい、向島の大忠の寮へ花見に行かないか」

東吾がいい出したのは、二日ばかりあとで、

「あたしがお供してもかまいませんかしら」

ためらったるいが、

「そういう気の廻し方が、お勝さんを孤独にしているんだよ」

東吾の言葉にうなずいて、ちょっとした手土産の用意をしていそいそとついて来た。

先触れのない訪れだったが、お勝は喜んで二人を離れに通した。東吾はるいのことを「かわせみ」の女主人とだけしかいわなかったが、みる人がみれば、東吾とるいがどういう仲かはすぐわかることで、そのあたりから、お勝の眼の中が寂しくなった。るいは女だから間もなくそれに気がついて、やきもきしたが、東吾のほうはのんびりしていて、お勝を相手に他愛のない世間話に興じている。

寮の庭の桜は満開で、殊に裏口に近いところにある数本の老樹が枝ぶりといい、花の見事さといい、この上もなかった。

お勝は東吾とるいを案内して庭中を歩き、東吾の冗談には笑い声さえ立てていたが、体中にみなぎっているやるせなさはかくしようもない。そうしたお勝の女心に対して、ほんの少しでもいやな気持を持つまいと、るいは神経をぴりぴりさせていて、一刻あまりのお花見が終って暇を告げ、寮の外へ出た時は、立っていられないほど疲れ切っていた。

「どうしたんだ。そんなに気を使うことはなかった筈だぜ」

東吾は笑ったが、それでも舟までの道をるいの手をひいて、るいも亦、恥も外聞もなく男の背中によりかかって歩いて行った。

二人はまるで気がつかなかったが、そんな東吾とるいを、お勝は裏口を出たあたりに身をひそめて長い間、見送っていた。

大忠の向島の寮に男が忍んで来たのは、その夜のことで、畝源三郎から命ぜられて、このところ、ずっと寮を見張っていた長助がたまたま、裏口のところで寮からとび出して来た女中と鉢合せをした。

女中はおつねといって、これは大忠の番頭忠三郎からいい含められて、お勝の離れ家を見張っていたのだが、

「お嬢さまのお部屋から、たった今、着流しの男の人が……」

頭から羽織をかむって、庭を走り抜け、裏口からとび出して行ったので、夢中で追いかけて来たという。心得て、長助が向島の堤のほうまでとんで行ったが、どこにもそれらしい姿はない。

「なにしろ、堤のほうは夜桜見物の客がまだ浮かれて居りますんで……」

寮へ戻って、お勝の様子をきいてみると一足先に戻っていたおつねが、

「お嬢さまのお寝間へ行って声をかけましたが、何事もないというお返事で……」

念のために、長助は庭中をくまなく改め、とうとう夜明けまで寮にいたが、手がかりのようなものはなにもないという。

「人が忍んで来たのは間違いがありません。離れの縁側から裏口までの間に草履の足跡らしいものが残って居りました」

長助は東吾と源三郎の前で頭をかいた。

「源さんもいい加減にしたほうがいいぜ」

お勝のところへ誰が忍んで来ようと、野暮な詮索をすることはあるまいと東吾はいった。

「相手が泥棒や人殺しじゃねえってことがわかってるんだ。大忠も外聞ばかりを気にしてねえで、少しは人間らしい眼でお勝さんをみてやるといい」

源三郎は、この男が考え込む時の癖で眉の根許をぐいと寄せた。

「東吾さんのいう通りなんですが、手前には一つ、解《げ》せないことがありまして……」

「なんだ」

「お勝の相手が全くみつからないということです。調べるだけ調べてみましたが、大忠の店の中にも、出入りの商人にも、又、水戸家にも、これというのが見当らないのです」

強いていえば、東吾さんですかな、と源三郎は真顔でいう。

「よせよ、源さん、るいの奴がなにかいいつけたのか」

「おるいさんはなにもおっしゃいません。手前の勘で……」

源三郎がもそもそといい、

「源さんの勘なんぞ、あてになるものか」

東吾は豪快に笑いとばした。

五

お勝が死んだのは、更に五日後のことであった。

死体は一つではなかった。

向島の離れ家のお勝の居間に朱《あけ》に染って折り重なっていたのは、京屋の手代の吉之助であった。吉之助の握りしめた短刀がお勝の乳の下を貫き、お勝が逆手に持った短刀が吉之助の背中から胸へ突きささっている。

みつけたのは、女中のおつねで、

「吉之助さんが来ているのは存じていましたが、お嬢さまが一文字屋の草餅を買ってくるようにおっしゃいましたので……」

他にも寮番の老爺だの、下女はいたが、どちらも離れ家とは遠い場所にいて、まるで気がつかなかった。

情死の刻限は、およそ七ツ下り（午後四時すぎ）、夕刻にはまだ間のある頃である。

長助からの知らせで、東吾がかけつけて行った時、源三郎はもう現場にいて、きびきびと手配をしていた。

「やっぱり、お武家奉公をしていたお方は違いますね」

長助がそっと東吾にささやいたように、お勝の顔は穏やかであった。顔半分に血潮がとび散っていて凄惨ではあるが、苦痛の色はない。それにひきかえ、吉之助のほうは恐ろしい形相であった。

「女の力では、一突きにては死ねなかった為でございましょう」

吉之助のほうの刺し傷は二カ所だと、検死に来ていた医者が告げた。最初の一突きは肩胛骨《けんこうこつ》にでも当ってすべったのか、皮膚を強く切りさいてはいるが、深くはない。そのかわり、二突き目は柄も通れとばかり深ぶかとえぐっていて、情死のどたん場に立った人間のむごたらしさをさらけ出している。

「納得ずくで死ぬことになっても、ぎりぎりのところで、おたがい、相手の心変りが不安なんだそうで、必ずといってよいほど相手を思い切って突っ殺していると申します」

好きで御用聞きになったくせに、こういう場面には滅法、気の小さい長助は、二度と座敷をのぞこうとせず、口の中で念仏を称えている。

検死の済んだところで、東吾はもう一度、お勝の傍へ行った。

いつもの濃化粧に、結い上げられたばかりのような髪が、どういうわけかいつもの御殿風ではなかった。町方の女房が結う丸髷《まるまげ》で浅黄の手絡《てがら》がかかっている。着物も小紋であった。紫の地色に白く小さな桜の花が染めてあって、東吾はすぐ、るいを思い出した。るいが好きで、よく着ている色であり、柄であった。

髪形も衣裳も町方風に変えて死んだお勝の本心がわからない。

女中にきいてみると、髪形を変えたのは今朝のことで、

「お召しものは、今日、吉之助さんが出来上ったのを届けにみえたんでございます」

それは、かけつけて来た京屋の主人の言葉でも立証された。

「十日ほど前に御註文を受けまして、仕立を急ぐとおっしゃいましたとか……、早速、今日、吉之助がお届けに参ったのでございます」

それが、よもや死出の装束となろうとは茫然としているのは、娘のおいとというのが吉之助と許婚《いいなずけ》の仲で、

「秋には祝言をさせまして、暖簾《のれん》わけをする筈になって居りました。その吉之助が人もあろうに、こちらさまといい仲になっているなどとは……」

信じられない顔である。

お勝の遺体は、吉之助と別にされて棺へおさめられた。

世間をはばかって、ひっそりと野辺送りがいとなまれるという。

東吾と源三郎が寮を出たのは、夜になってからであった。

どちらも無言で、大川沿いの道を歩く。

「あれは、情死じゃねえな、源さん……」

胸の中にたまっていたものを吐き出すように東吾がいい、源三郎がうなずいた。

「その通りです、強いて申せば、無理心中ですが、なかみはおそらく心中ではありますまい」

情死とは、惚れ合った同士がこの世をはかなんで共に死ぬ場合をいう。

「お勝と吉之助は、惚れ合った同士ではなかったというんだな」

「お勝が吉之助に惚れる道理がなく、吉之助にしても、大事なお得意様という他の気持をお勝に持ったとは思えません」

女が四十二、男が二十二、三という年の差は、

「必ずしも色恋が成り立たないとは申せませんが、あの二人は違いましょう」

「お勝が吉之助を殺したんだな」

まず油断している男の背後から軽く一突きする。

「吉之助を殺すためではなく、血をみて、男が失神寸前になるのをねらったんだ」

それから、男の手にもう一本の短刀を握らせて、我が手を添えて乳の下を突く。同時

にもう一方の手の短刀は、今度こそ間違いなく男の心の臓を突きえぐっている。

「女の一念と申しますか、誰にもやれることではありません」

源三郎が深い嘆息をつき、東吾は胸の中に苦いものがこみ上げてくるのを感じた。

「源さんは、お勝が何故、死んだと思っているんだ」

「手前には、女の気持はわかりませんが、人の寂しさはわかるような気がします」

人生のなかばをすぎて、奥女中から町方へ戻ってきた。親も異母弟妹も遠慮が先に立って近づかない。奉公人も同様であった。

「三十年近い御奉公では、町方に親しい友達の出来るわけもなく、恋人もない。この先、嫁入りのあても、まあ無理でしょう」

下賤な女と違って、御三家奥向きに仕えた女の誇りも、気位の高さもこの場合、裏目に出た。

「男が欲しいと思われることも恥辱でしょうし、男が近づかないというのは、更に恥辱に思えたに違いありません」

女心を知らないという源三郎にしては、声に深い悲しみがあった。

「お勝が死のうとしたのは、寂しさに堪え切れなくなったためでしょうが、一人で死んだとは思われたくなかった……」

「吉之助をえらんだのは、何故だ」

「まず色男であること、血をみただけで気を失いかけるような弱い男であること、或る

程度、お勝と近づきがあって、一緒に死ぬのが意外に見えても、なんとか周囲を納得させられること……」

女の怖さですな、と源三郎は呟《つぶや》いた。

「寮のまわりを男が徘徊したとか、長助が追いかけた奴というのは、お勝自身だな」

胸の中の苦いものを呑みこむようにして東吾はいった。

「俺は、るいと一緒にあの寮へ行って気がついたんだ。男のような恰好をして裏口から出て、追手が堤のほうを探している間に、表口から戻っていても、あの庭の広さではわかるまい」

お勝にとっては、自分の周囲に男の影がちらついていると世間に思わせることも、一つの女の見栄であったのかも知れなかった。

「あの文も、お勝の一人芝居だ」

「外へ出てみたかったのだろうと思います。一人で外へ出てみれば、そこになにかがあるかも知れない、実際、お勝は外へ出て、東吾さんに会っています」

「俺が、思わせぶりをしたというのか」

「惚れられるのは、東吾さんの罪ではありませんが、お勝にしてみたら、はじめてではありませんか、あんなにずけずけとものをいった男は……」

「男と女の気持があるとは思わなかったんだ。下手をすれば、俺のお袋ほどの年なんだから……」

「東吾さんには年増殺しの素質があるんですよ」

川風の中で源三郎が、ほんの少し笑いかけ、東吾がむきになった。

「よし、源さんがそういったと、るいにいいつけてやる」

るいも年増だからなと睨まれて、源三郎が慌てた。

「よして下さい。二度とかわせみの敷居がまたげなくなります」

そそくさと足を早めた男二人に風が花片《はなびら》を送ってくる。

大川の上は今夜も朧月であった。

川《かわ》のほとり

一

香具橋の袂まで来て、神林東吾は、

「今日も、又、居る」

と思った。

東吾が立ちどまったところは、長谷寺の小さな門前町の前だが、川をへだてた向う側は田畑が広く続いていて伊達遠江守《とおとうみのかみ》の上屋敷や青山大膳亮の下屋敷が遠くに見える。

まだ田植には早い季節で、そのあたりはれんげの花が一面に咲き乱れ、麦畑には雲雀《ひばり》の啼き声が聞えているのどかな風景であった。

女は、川のふちの草むらにすわり込んで流れをみつめていた。

かなり、思いつめた表情である。

もっとも、川幅は、せいぜい二間ばかりで、青山長者丸辺の田地から流れ出して新堀川へ注いでいるもので、大雨でも降ればともかく、普段は大人の腰ほどの水量だから、とても身投げは出来ない。

「先生、早く行こうよ」

ここまで手をひいて来た正吉の声にうながされて、東吾は板橋を渡り、女の姿を右にみながら、いつもの遊び場所へ正吉を伴《つ》れて行った。

「先生、魚がいる……」

小川から田へ水を引く細い水路をのぞき込んで、五歳の少年は張り切って叫び、東吾は袴の股立《ももだ》ちを高くとって、魚すくいの網をかまえた。

どうみても、若い父親とその息子のような光景だが、無論、血のつながりはない。

神林東吾は、まだ独身であった。

兄は江戸町奉行所で親代々、吟味方与力をつとめている。

いわば、次男坊の冷飯食いだが、剣をとっては、神道無念流、岡田十松の門下で、当時師範代であった斎藤弥九郎を最後まで手こずらせたという逸話が残っているほどの使い手で、斎藤弥九郎が練兵館の当主となってからは、改めて師弟の礼をとっている。

普段は八丁堀の道場で師範格をつとめているが、数年前から、月の三分の一は麻布、狸穴《まみあな》の方月館の代稽古に通ってもいた。

方月館の主は、松浦方斎《まつうらほうさい》といって、岡田十松と親交が深かった。温厚な人柄で腕も立

つが、すでに七十歳のなかばを過ぎた老齢ではあり、生涯、妻帯をしなかったので子供もなかった。

東吾が、ここの師範代をつとめるようになったのは、斎藤弥九郎の推薦によるものであったが、以前から東吾の人柄を愛していた方斎はなにもかも東吾にまかせきって、自分は花鳥風月を楽しんでいるようなところがある。

その方月館は、つい最近まで男世帯であった。

主人の方斎の他には、雑務一切を任せられている善助というのと、掃除番、炊事番の内弟子と、八丁堀からやってくる東吾と、甚だ殺風景なこの屋敷にこの春から花が一輪、咲いたように女の姿が増えた。

おとせといって、日本橋本町三丁目の薬種問屋、中村屋へ連れ子をして後妻に入ったが、その連れ子の正吉が、先妻の息子殺しの罪をきせられそうになる事件があり、それがきっかけで中村屋から離縁をとった。

たまたま、その件にかかわり合った東吾の才覚で、おとせは正吉ともども方月館へ身をよせて、

「おとせさんが来て下さって助かりました。老先生のお世話も、かゆいところまで手が届くようになりましたし……」

なによりも方月館の飯が旨くなり、掃除、洗濯がすみずみまで小ざっぱりするようになったと、忠義者の善助を喜ばせている。

何分にも東吾がおとせ母子の身許引受人の形になっているので、狸穴へ来る度に気を使っているし、おとせのほうも、東吾の来るのを心待ちにしている風がある。

一番、正直に自分の気持を外に出すのは、子供の正吉で、東吾が稽古に来る日は、朝から門の外で待っている。

東吾が門弟に稽古をつけている間は大人しく待っているが、道場から出てくると、まめまめしくお茶を運んで来たり、風呂の仕度が出来たのを知らせたりしている。東吾のほうも人情で、夕方、早めに稽古が終っても八丁堀へは帰らず、方月館へ泊って正吉の相手をしてやることが多くなった。

すっかり陽気のよくなったこの頃は、子供の足には少々、遠いこの附近まで出かけて来て、魚を釣ったり、泥鰌《どじょう》をすくったりして遊ばせてやる。一つにはそうして外へ連れ出してやれば、いつかいい友達が出来るのではないかと考えているのだが、どちらかといえば大名屋敷や寺ばかりで町屋の少いせいか、思うように子供の姿がない。

子供には子供の友達がなによりと思いながら、正吉と遊んでいると、東吾もつい少年の日に戻ったようで、袴の裾が濡れるのも忘れて、夢中で魚を追い廻していたりする。

ふと、人の気配を感じて、東吾がふりむいてみると、思いがけない近さに、あの女が来ていた。

さっき、香具橋の袂から東吾がみかけた女である。

今日で三日、東吾はこの遊び場へ正吉を連れてくる度に、その女を長谷寺の附近でみ

ていた。が、女のほうから近づいて来たのは、これが、はじめてである。

「もし……」

女は、東吾へではなく、川のほとりに立っている正吉へ声をかけた。

「坊や、お年はおいくつ……」

正吉は女をみて、素直に答えた。

「五つ……」

女の表情に、なにかが走ったのを東吾はみた。ひょっとして、おとせが以前、嫁いでいた中村屋にゆかりのある女かと思う。とすれば、次には子供の名前を訊く筈である。

しかし、女はそれっきり、口をつぐんだ。

僅かの間、視線が宙に止っていて、やがて正吉の傍を離れる。ひっそりした歩き方で、畔道《あぜみち》を土手のほうへ去った。

陽が西へ傾いてから、東吾はまだ遊んでいたそうな正吉の手をひっぱって方月館へ帰りかけた。

香具橋のところでそれとなく周囲を眺めたが、先刻の女の姿はない。

坂を登って六本木の通りへ出て、飯倉まで戻ってくると一軒の大店の前に人だかりがしていた。

「若先生……」

走り寄って来たのは、方月館の従僕の善助で、

「いつもより、お帰りが遅いので、お迎えに出てみたんですが……」

「なんだ。このさわぎは……」

「花嫁さんのお道具調べでございますよ」

紙問屋万屋小兵衛の悴のところに、近く花嫁が来るのだが、今日はその花嫁の嫁入り道具が運び込まれ、万屋は大戸を開け放ってその諸道具を飾り立て、近所の人々にみせている。

「このあたりの習慣でございまして、嫁をもらうほうはよろしゅうございますが、嫁に出すほうは大層な費《つい》えで、娘を三人持ったら身代が潰《つぶ》れるなぞと申します」

善助と一緒に、東吾も万屋の店先をのぞいてみると簞笥《たんす》、長持、鏡台、夜具など、いずれも婚家の家紋を染め抜いた油単《ゆたん》がかかって、ものものしいほどの豪勢な仕度である。

「嫁入りや法事は、田舎のほうが派手だときいていたが、成程、たいしたものだな」

店先には万屋の主人とその悴らしい二十四、五のが祝いに来る人々に挨拶をしており、番頭、手代が総出で御祝儀の酒をふるまっている。

「あれだけの嫁入り仕度を背負って、どんな嫁さんがやってくるのか、みたいものだな」

やっかみ半分の憎まれ口を叩いて方月館へ戻ってくると、おとせが心配そうな顔で待っていた。

「正吉が御迷惑をかけたのではございませんか」

悪戯でもして、東吾を手こずらせはしなかったかと、母親らしい気づかいをみせる。

「万屋の嫁入り道具の見物をしていて遅くなったんだ。正吉は腹が減ったろう」

広い板敷に、百姓家のような囲炉裏《いろり》が切ってある方へすわって、東吾はいつものように正吉と善助と三人で飯を食べる。

川魚の煮びたしに青菜の胡麻和《ごまあ》えや芋の煮ころばしなどの田舎料理だが、善助が料理番だった時とは、同じ材料でこうも味が違うものかと感心するくらい、気のきいた味つけになった。

「今日が道具調べということは、肝腎の嫁入りはいつなんだ」

汁をおかわりしながら、東吾が訊き、善助がいそいそと話し出した。

「明日の夜でございますよ。若先生は、さっき、あんなふうにおっしゃいましたが、花嫁さんは目黒村の大百姓の娘で、そりゃなかなかの器量だそうで、これでまあ、万屋も賑やかになりましょう」

万屋小兵衛の一人息子は藤太郎といって、子供の時に母親と死別していると善助はいった。

「おとせさんが来る前の方月館と同じで、万屋も長いこと男世帯でございましたから……」

「一軒の家に女っ気がないのは無粋なもんだ」

善助に相槌《あいづち》を打ちながら、東吾は「かわせみ」のことを考えていた。

このところ、狸穴の稽古がはじまると月の三分の一は方月館泊りになっている。

以前は、同じ十日間の稽古でも、今日のように早く道場が終ったときは、大川端まで帰って、るいの部屋に泊り、翌朝、夜のあけない中に「かわせみ」を出て、朝の稽古に間に合うように方月館へ帰って来たりしたものだが、今は、それをすると正吉の遊び相手になってやる時間がなくなってしまう。

で、狸穴へ来たら来たっきり十日間、「かわせみ」へは音沙汰なしなのを、るいがどう思っているだろうかと、少々、気がかりでないこともない。

飯が終って、善助も自分の部屋へ去り、やがて正吉を寝かせたらしいおとせが、東吾の肌着一そろえを持って来た。

「明日は八丁堀へお戻りでございますね」

どこかに寂しさのある笑顔で、

「いつも野菜を持って参る多平爺さんが、若先生のお土産にと、明日の朝、筍《たけのこ》を掘って持って参ると申して居りましたが、重いものですし、お荷物になりますでしょうから……」

どうしたものかと心配をしている。

「筍は兄も好物でね、喜んでもらって行くよ」

話のついでに、夕方、正吉の年齢を訊いた女のあったことを告げた。

「年は四十五、六だろうか、着ているものも悪くない。人品骨柄卑しからざる女だった

が、もしや、日本橋のほうの関係じゃないかと思ってね……」

大体の人相を話したが、おとせには心あたりはないという。

「中村屋から離縁をとりまして、こちらさまにご厄介になっていることは誰も知らない筈でございますが、仮に昔の知り合いにみられましても、決してやましいこともございませんし、逃げかくれする気持もございません」

おとせの態度はしっかりしていて、東吾を安心させるに充分だった。

「わたしの思いすごしかも知れない」

子供好きの女なら、愛くるしい正吉の様子をみて、つい、年齢を訊ねたくなったというのは、ごく自然の情である。

翌朝、東吾は掘りたての、土の匂いのする筍の入った籠を下げて、方月館を発った。

二

大川端の「かわせみ」へ着いたのが午《ひる》少し前で、

「まあ見事な筍ですこと」

竹籠を受け取って感心した女中頭のお吉が、やがて、それが狸穴からの土産だとわかると、

「こんな重いものを東吾様にお持たせになるなんて」

狸穴から大川端まで、決して近い距離ではないのにと、暗におとせが気がきかないと

いいたげな顔をする。

「なに、俺が筍はるいも好物だからともらって来たんだ」

東吾はあっさりお吉の矛先《ほこさき》をかわしておいて、さっさと風呂場へ行き、嘉助が今日あたり、東吾が帰ってくると予測して沸かしておいてくれた新しい湯にとっぷりとつかっていると、着物の裾をからげて、るいが入って来た。

「お背中を流しましょう」

甲斐甲斐しい姉さん女房ぶりを、ああ頼むと素直に返事をすればよかったものを、

「汗をかくぞ」

一言、よけいな気を使ったのがいけなかった。

「狸穴では、どなたがお背中を流しますの」

背後へ廻って、手拭をしぼりながら、るいが訊く。

「誰が流すものか、一人で入って、一人で洗うさ」

が、それは嘘であった。

風呂へ入る時は、大抵、正吉と一緒で、正吉の体を東吾が洗ってやるかわりに、正吉も小さな手で懸命に東吾の背中をこすってくれる。時には正吉が風呂の中で歌う童歌《わらべうた》を東吾が真似をして声を合せることもあって、

「若先生はみかけによらず、子供好きなんでございますね」

と善助が感心したりする。

しかし、そんなことは迂濶に「かわせみ」の連中の耳に入れられない。

それでなくとも、東吾が方月館に入りびたっているのは、正吉が不愍《ふびん》なせいだと、るいもお吉も気がついていて、はしたなく焼餅は嫉かないまでも、あんまりいい気分でいないことは、女の気持に無頓着な東吾にもうすうすわかっている。

湯上りのさっぱりした顔で、「かわせみ」の庭へ出てみると、大川はよく晴れていて、行き来の舟も心なしか威勢よくみえる。

「もう、夏だな」

縁側のるいに声をかけて、東吾は眩しそうな眼をして、暫く川面を眺めていた。

その夜は、るいの部屋に泊って、東吾が八丁堀の兄の屋敷へ帰ったのは午下り、さも、たった今、狸穴から戻ったように兄嫁の香苗に挨拶をして、休みもしないで八丁堀の道場へ出かけた。

午後は、もっぱら与力、同心の子弟の稽古に汗を流して、ほっとくつろいだところへ、定廻りから帰って来たばかりらしい畝源三郎がやって来た。

東吾がおやと思ったのは、毎日の町廻りで漁師か百姓のように日焼けしている源三郎の顔が、汗と埃にまみれてすすけたようになっていたからである。かなり遠方まで行って来たらしいのは足袋の汚れ方でも想像がつく。

「六本木まで行って来ました」

果して、東吾がなにもいわない中に、源三郎が低く話し出した。

幸い、道場にはもう誰も残っていない。

「今朝早くに、飯倉の仙五郎から知らせが来まして……」

仙五郎というのは、飯倉の岡っ引であった。

本職は桶屋だが、なかなか気のきいた男で、以前、方月館へ出入りしていた女按摩の事件で、畝源三郎とも、東吾とも顔馴染になっている。

「源さん、方月館になにかあったのか」

咄嗟《とっさ》に東吾の心に閃《ひらめ》いたのは、おとせと正吉のことであったが、

「いや、そうではありません。殺されたのは、飯倉二丁目の紙問屋万屋小兵衛の悴の藤太郎という者です」

東吾はあっけにとられた。

「待ってくれよ、源さん、そいつはたしか、昨夜、婚礼じゃなかったのか」

「ご存じでしたか」

「一昨日、店に花嫁の道具を飾って、みせびらかしているのを通りすがりにのぞいたんだ」

紋付袴で客に挨拶をしていた万屋の主人とその悴の姿を東吾は思い出していた。父親のほうは筋肉質のがっしりした体つきの五十男だったが、息子は母親似なのか華奢《きゃしゃ》でのっぺりした二枚目であった。どちらかといえば、病身といった様子である。

「実は方月館のおとせさんが、婚礼の手伝いに行っていまして、花聟《はなむこ》の死体をみつけた

のも、おとせさんなんです。それを聞いたので、とりあえず狸穴まで行って来たのですが」

「だったら、声をかけてくれりゃあよかった……」

正直なもので、おとせが事件にかかわり合ったと知ったとたんに、東吾は落ちつかなくなった。

「昨日、狸穴から帰られたのは知っていましたからね。朝っぱらから叩き起さなかったのは、武士の情です」

「源さんもいうようになったな」

「念のため申し上げておきますが、おとせさんは死体をみつけたというだけで、今のところ、事件とは関係ありません。ただ、下手人の手がかりがまるでないのです」

東吾の着がえを待って道場を出ながら、源三郎が苦笑した。

「なにしろ、婚礼の夜のしきたりというのは全く不心得で……」

「俺だって、そんなものは知りゃあしねえが」

東吾も破顔して、

「とにかく、一風呂浴びなけりゃ人心地がつかないだろう」

連れ立って行ったのは、勿論、大川端の「かわせみ」で、

「まず、源さんを風呂に入れてやってくれ、それから酒だ」

亭主面をして、るいにいいつけた。

宿屋稼業のいいところは風呂はいつでも沸いているし、酒肴《しゅこう》の仕度もすぐ間に合う。

「畝様はどちらへお出かけだったんでございますか、足袋もお召物もそりゃひどい汚れで、とてもお着せ申すわけには行きませんよ」

お吉がいいつけに来て、るいは手早く、東吾の浴衣に真新しい肌着を添えて、風呂場へ持って行かせ、お吉は早速、足袋を洗い、着物の手入れをはじめている。

「畝様も、ぼつぼつ、身をおかためにならないといけませんね」

当人がそこに居ないのを幸い、お吉がしたり顔でいい、

「迂闊に花嫁をもらうのも剣呑な御時世だぞ。六本木じゃ、婚礼の当夜に花聟が殺されたんだ」

東吾が早速、話し出した。

「畝様は六本木まで、いらしたんですか」

酒の燗をしていたるいが、早い反応をしめした。

こういう話になると、忽《たちま》ち眼の輝いてくる「かわせみ」の連中のことで、源三郎が風呂から上ってくると、いつの間にか、番頭の嘉助までが、るいの居間に顔を出した。

「最初から順を追って申しますと、まず花嫁の一行が万屋についたのが暮六ツ（午後六時）だといいます」

盃を二つ三つ、たて続けにあけて、源三郎が、せっかちに話し出した。

三

飯倉二丁目の紙問屋万屋へ花嫁の行列が入ったのは、約束の刻限きっかりで、この頃の季節だから、まだあたりは明るさが残っていた。

奥座敷にはすでに仕度が出来ていて、作法通り、双方の挨拶があって、花聟と花嫁が金屏風《きんびょうぶ》の前にすわり、三三九度の盃事になった。

それから広間のほうに席を改めて、お膳が運ばれ祝宴になった。

「おとせさんは近所のよしみで手伝いに行っていたそうですが、何分にもむかしがむかしだけに行儀作法もしっかりしているし、機転もきくので、いつの間にか裏方の指図役のような恰好で広間と台所を取りしきっていたそうです」

夜が更けて、床入りとなった。

「床盃というのが、その前にあるそうで……」

少々、照れくさそうに源三郎がいい、お吉が知ったかぶりをした。

「そうなんですよ。お寝間へ入ってから、新床を前にして夫婦のかための盃ってのをするんです」

源三郎が、ちょっとぼんのくぼへ手をやって、話し続けた。

「おとせさんは、花嫁の着がえを手伝っていたそうです」

髪を解いて、白い寝衣に着かえた花嫁の手をひいて、寝所になっている離れの襖をあ

けてみると、布団の上で藤太郎が血だらけになって倒れている。

大さわぎになって医者が呼ばれて来たが、藤太郎はすでに絶命していた。

「心の臓を、出刃庖丁で一突きにされていまして……出刃庖丁は万屋の台所にあったもの、刺しっぱなしで引き抜いていませんから、下手人はたいして返り血を浴びていなかったことと思います」

当夜、客として招かれていて広座敷にいた仙五郎が早速、客も手伝い人も足止めにして調べをはじめたが、なにせ人数が多すぎた。

両家の客が三十人近く、親類縁者を合せると五十人にもなる上に、手伝いに来ている者が二十人余り、客の中には事件の前後に帰った者もある。

「藤太郎は花嫁と一緒に広間を出て、先に寝所の離れに入っていたといいますから、おとせさんが花嫁を連れて行くまでに少々の時間があった筈で、その間に、事件を知らないで帰った者もあるわけです」

源三郎が息を継ぎ、東吾が口をはさんだ。

「花嫁は目黒村の大百姓の娘で、なかなかの器量よしだというじゃないか。嫁入り前にいいかわした男とか、恋いこがれていた奴があるんじゃないか」

「その辺は常識ですから、かなり、ねばってみましたが、今のところ、これという相手も見当らないようです」

「藤太郎って人のほうはどうなんです。手をつけた女がいるとか、女房にすると欺《だま》した

相手が、自分を捨てて、お嫁さんをもらうというので、かっとして……」

お吉がいうのを、るいが制した。

「そういう場合は、藤太郎という人を殺すより、お嫁さんを殺すんじゃないかしら。女の気持ってそういうものですよ」

へえぇと東吾が派手に驚いてみせた。

「女ってのは、そういうものかね。そいつはおぼえておいたほうがよさそうだな」

るいの手が東吾のどこかをつねり、源三郎はそっちをみないで、ひたすら腹ごしらえをした。

「手前は明日、もう一度、飯倉へ参ります。もし、東吾さんが行って下さると助かるのですが……」

源三郎がいい、るいは出来ることなら源三郎をつねってやりたいという顔をした。

翌朝、八丁堀を早発《はやだ》ちにして、東吾と源三郎は狸穴へ向った。

今日もいい天気だが、風がやや強い。

飯倉の自身番で仙五郎は、畝源三郎を待っていた。

雁木坂通りにあるこの自身番は間口は九尺ほどだが奥行きは四間半で、鰻《うなぎ》の寝床のような細長い小屋である。

「情ない話ですが、どうも下手人の見当がつきません」

渋茶を勧めながら、仙五郎がうっとうしい顔をした。

「どう調べてみても、花嫁のほうに恋人がいた様子はありませんし、藤太郎が人から怨《うら》まれているってこともねえ按配で……」

「当人は怨まれていないと思っていても、怨みを買うことは、ままあるもんだぜ」

東吾がいうと、仙五郎は眼をしばたいた。

「それはそうなんですが、藤太郎というのは子供の時から病身で、起きている時よりも寝てた日数のほうが多いようなんで、友達も居りませんし、家から外へ出るのも稀なんで……」

万屋の奉公人にしたところで、女は台所で働いているお近という五十がらみのと、おくまという三十になるのと二人だけである。

「おくまはひどいあばた面ですし、お近は年が年ですし……」

店のほうは、番頭が四十二、手代は三十一と二十九で、

「この三人は世帯を持って居ります」

小僧は五人ばかりいるが、どれも近所から奉公に来ているもので身許は、はっきりしている。

「第一、藤太郎は奥へひきこもっていることが多く、店へ出るのは、ごくたまさかでございます」

奉公人と悶着を起すようなこともなさそうだと仙五郎は話した。

「そんな病人が、嫁さんをもらって大丈夫だったのか」

東吾が訊くと、仙五郎はくすぐったそうな笑いを浮べた。

「医者の話じゃあ、女房をもらってやったほうが体のためにいいんだそうで……」

それに万屋としては、藤太郎が一人っ子だけに、一日も早く嫁を迎えて孫の顔をみたいところで、

「今度の嫁さんも、器量よりは体が丈夫で、何人も子宝が授かるようなのが、大旦那の気に入ったってきいてます」

万屋は、自身番からすぐであった。

店が広いのは加工場と倉が続いているからで、店の二階は奉公人達の住いで五人の小僧が寝起きしている。

店の奥が母屋で、そこもけっこう部屋数があった。

母屋の東側が庭で、問題の離れはその庭にある。母屋からの渡り廊下はなくて、飛石伝いに履物が要る。

「庭からってことは、どこからでも行けるんだな」

あたりを見廻して、東吾が呟いた。母屋のどの縁側からも忍んで行けるし、店からも母屋の外を通って来られる。裏口からも遠くない。

つまり、婚礼の当夜、この家へ来ていた誰もが、庭伝いに離れに行くことが出来る上に、表口からも裏口からも、同じく庭を通って出て行けるのであった。

家の中は客で賑わってもいたろうし、灯りの数も多かったに違いないが、おそらく庭

はひっそりとして、暗い儘であったろう。庭から離れに忍んで行った下手人は、まず、誰からもみとがめられることはあるまいと思われた。

仙五郎によって足止めされた客や花嫁側の人々も、昨日、畝源三郎が一通り訊問をして各々、家へ帰されているので、万屋の家の中には奉公人と主人小兵衛だけである。

死体は離れの布団に寝かされた儘で、まだ納棺もしていない。

一突きで二十五歳の男の命を奪った出刃庖丁は、柄元まで血に染っていた。

「よっぽど、凄い力で突いたんでございますね。並みの力では、ああ深くは入りませ
ん」

商売柄、こういうことには馴れている筈の仙五郎が気味悪げにいった。

「よりによって、床入りの前に殺されたんじゃ、浮ばれねえな」

東吾は、そんな不謹慎なことをいって先に離れを出る。

ちょうど、そこへ仙五郎のところの若い者が、おとせと一緒にやって来た。

「東吾様がおみえになっているとうかがいましたので……」

蒼ざめながらも、おとせはいそいそとしていた。

「えらい夜にかかわり合ったな」

さぞ怖かったろうと、おとせをいたわって、東吾は訊ねた。

「花嫁の着がえを手伝ったそうだが、その部屋はどこなんだ」

おとせが案内したのは、離れから飛び石が縁側まで続いているすぐ近くの部屋であっ

た。

庭をへだてて、離れまで五、六間ほどの距離である。

「着かえている中に、なにか叫び声のようなものは聞えなかったか」

おとせがかぶりをふった。

「ここへ参って、花嫁さんの着がえを手伝って居りました間中、広間のほうから長持歌が聞えて居りましたから」

声が自慢の何人かが、笛と太鼓に合せて、めでたい長持歌をいい気持で歌っていた。

「花嫁を連れて離れへ行く途中、誰かに会わなかったか」

「いいえ、どなたにも……」

「離れの入口の戸は閉っていたのか」

「はい。ただ一寸ほどは開いていたように思います」

「藤太郎が殺されているのをみてから、どうした」

「花嫁さんは腰が抜けたようになって動けなくなりましたので、夢中で抱きかかえるようにして、なんとか庭へ出ました。そこで大声で人を呼びましたら、お膳を運んでいた女の人たちが気がついて、とんで来てくれました。その人たちが奥へ知らせに行って……」

「死体にはさわらなかったんだな」

「私も花嫁さんもさわって居りません。血が流れていて、とんでもないことが起ったと

いうのはすぐにわかりましたし、手を触れてはならないと思いました」

「花嫁の着がえには、どのくらい時間がかかったのか」

「よくわかりませんが、髪をほどくのに手間どりましたから、小半刻《こはんとき》は充分、かかっていたと思います」

「死体をみつけてから、仙五郎がかけつけてくるまでの時間は……」

「それは思いの外、早かったように思います。奥へ知らせに行って、一番先に来て下さったのが、仙五郎親分でしたから……」

おとせが、ちらと東吾の脇にいる源三郎を見上げた。

「今、お答え申しましたこと、昨日、畝様に申しましたのと、なにか相違がございますかしら」

四

「源さんも人が悪いぞ。おとせになにもかも訊いたのなら、先にそういってくれれば、同じことを二度聞きするには及ばなかったんだ」

方月館へひき上げて、東吾が笑い、源三郎も苦笑した。

「手前は、東吾さんが、じかにおとせさんから聞いたほうがいいと思ったからです」

「誰しも、聞くことは同じなんだな」

「おとせさんがしっかりしていたので助かりました」

花聟の藤太郎は花嫁が身仕度をしていた小半刻余りを、一人っきりで離れにいたことになる。

「殺されるのに充分な時間、というのはおかしいですが、とにかく、それだけの時間はあったということですな」

松浦方斎は二人の話を黙って聞いている。

ふと、思いついて、東吾は方斎に訊ねた。

「おとせが万屋へ手伝いに行ったのは、先生のお指図ですか」

「万屋から善助がたのまれて来たそうだ。女中達に采配をふるうような心きいた女がいないので、おとせに手伝ってもらえないかというてな」

「万屋の女房はどうしたのですか」

「小兵衛はやもめだよ。たしか、女房は随分前に死んでしまったときいたが……」

団子を運んで来た善助が、方斎の言葉を補足した。

「小兵衛さんの最初のおかみさんは、おていさんといいまして、藤太郎さんが八つの時に病気で歿《なくな》りまして、そのあと、甲州のほうから二度目のおかみさんが来て、子供も出来たんですが、運が悪いというか、寿命というんですか、川へ遊びに行っていて溺《おぼ》れて死にましたんで……。そんなことがあってから、そのおかみさんはすっかりふさぎ込んじまって、食べるものも食べられなくなり、甲州へ帰りたいといい出して、結局、親許へ帰りました。それから、万屋の主人はずっと独りでございます」

「その女房は、今も甲州にいるんだろうな」

「さあ、手前は存じませんが……」

「その女を下手人というのは、少し無理ではありませんか」

穏やかに、源三郎がいった。

「手前がきいたところによると、その後妻、お秋という名ですが、お秋の産んだ清吉というのが川で死んだのは、今から十年も前のことだそうです」

それに、清吉は川で溺れ死んだのであって、誰かに殺されたわけではない。

「もし、なにかがあったとしても、十年も経ってから、万屋へ怨みを返すというのは不自然と考えますが……」

それは、たしかにその通りであった。自分の産んだ子が川遊びをしていて溺死したからといって、先妻の子に怒りを向けるのは八つ当りというものである。

方斎の居間を出て、台所へ東吾が行ってみると、すみのほうに正吉がしょんぼりとすわっている。

東吾が方月館へ来れば、誰よりも先にとびついてくる子だけに、東吾は不審に思った。

「どうした。具合でも悪いのか」

額にさわってみたが、熱もない。

「正坊は、おっ母さんに叱られたので元気がないんですよ」

善助が教えた。

「なんで叱られた。悪戯でもしたのか」

東吾が訊いても、少年は唇を結んで返事をしない。

「そうじゃございませんで……」

善助が正吉のかわりに答えた。

その夜は、万屋の婚礼で、母のおとせは手伝いに行っている。

「若先生がお帰りになった後に、正坊は眼をさまして泣いたんで……眼をさましたらお袋さんもいない。それで泣いていましたんで、手前がなだめたんですが、いっそのこと、万屋へ連れて行っておっ母さんの顔をみせれば安心するだろうと思って、手前が正坊をおぶって万屋へ参りました。働いていたおとせさんを呼んでもらったんですが、いそがしくって、なかなか来てくれません。その中に例のさわぎが起りまして……これはいけないと思いましたんで、仙五郎さんにわけを話して、正坊を連れて帰りましたんですが、そのことをおとせさんがきいて、男の子のくせに意気地がないと叱られましたんですよ」

おとせにしてみれば、夜更けてから善助に迷惑をかけた手前、我が子を叱ったのだろうと善助は、むしろ、すまながっている。

「手前がよけいなことをしたばかりに、正坊にはかわいそうなことをしてしまい、おとせさんにもよけいな気を使わせました」

東吾は正吉の傍へ行って、軽々と抱え上げると肩車をしてやった。

「男の子が、それくらいのことで、いつまでもしょげていることはない。親が子供を叱るのは憎くて叱るんじゃない。かわいいから叱るんだぞ」

その恰好で外へ出た。

庭を一廻りしてくる中に、正吉はもう笑顔になっている。

「俺は弱虫じゃない」

「そうとも、もう少し大きくなったら剣術を教えてやる」

「本当……」

「俺がお前に嘘をいったことがあるか」

わあっと歓声を上げて、正吉は東吾の肩からすべり下り、庭を走り、躍り上って喜んでいる。

「やっぱり、若先生は子供さんをあやすのがお上手でございますよ」

庭で薪を片づけていた善助が笑顔でいい、東吾は思いついて訊ねた。

「正吉を背負って、万屋へおとせに会いに行っている中に、事件がおこったといったな」

どこで、おとせを待っていたという東吾に善助は不思議そうな表情をした。

「最初は裏木戸から入って、台所へ行きました。暫く、そこで待っていたんですが、手伝いの人が気を使うので、外へ出て、裏口のあたりに居りました」

「誰か、人が出て行かなかったか」

「何人も帰りました……」

手伝いに来た女たちで家の遠い者はぼつぼつ帰りはじめていたという。

「顔見知りばかりだったか」

「大方はそうですが、知らないのも居りました」

「不審なのは、みなかったか」

「別に、これといって……」

「一人一人の顔はみていたか」

「なんとなくみていたように思いますが、中には暗くって、顔のよくわからなかったのもございます」

「暗いといったって、提灯を持っていただろう」

善助が、はじめて首をひねった。

「持っていなかったのが、一人、居りました」

「提灯を持たずに帰ったのか」

「たしかに持って居りませんでした」

「おかしいじゃないか」

江戸のまん中でも、夜は暗い。まして、この辺りは町といっても家はまばらだし、ちょっと入ると大名屋敷ばかりに出会う。夜道を提灯なしで歩くのは、かなり困難であった。

ましてて、女のことである。

「どんな女だった……」

「そうおっしゃられましても……」

善助が途方に暮れたとき、いつの間にか傍へ来て話を聞いていた正吉が東吾を見上げていった。

「あの小母ちゃんにあったよ」

「あの小母ちゃん」

「おいらの年をきいたろう」

東吾の心に、なにかが閃《ひらめ》いた。

あの川のほとりに、しんと立って流れをみつめていた女の姿であった。

「どこで会ったんだ」

「おっ母ちゃんに会いに行ったとき……善助さんにおんぶして……」

「間違いないか」

「うん」

あっけにとられている善助へ訊いた。

「提灯を持っていなかった女だが、年は若かったか」

「いいえ……もう四十を越えたような……」

「万屋の清吉が溺れて死んだのは、長谷寺の前を流れている小川じゃなかったのか」

「おっしゃる通りで……あの川はちっぽけな小川ですが、長雨が続くと急に流れも早くなり、水量《みずかさ》も増しますんで……」

「溺死した時、清吉はいくつだった……」

「たしか、五つで……間違いはございません。五歳でございました」

庭のむこうに、仙五郎の話を聞いている源三郎をみつけて、東吾は大股に近づいた。

「源さん、大急ぎで訊いてくれ、香具橋の近くに、万屋に出入りをしている者が住んでいないか。いや、もっと遠くでもいい。青山か、原宿村か……お秋が万屋の女房だった頃からの出入りの者だ」

五

東吾が畝源三郎と訪ねて行ったのは、原宿村の植木職、太平の家であった。

太平は老夫婦二人きりで畑仕事をしていた。少し耳は遠くなったが、まだ矍鑠《かくしゃく》としていた。皺を刻んだ顔はなんとも人柄が良い。

「万屋の後妻だったお秋が、この家に来ている筈だが……」

源三郎の問いに、夫婦は顔を見合せたが、

「お秋様でございましたら、青山の梅窓院においでなさいます。明日、講中の方と西国巡礼にお発ちなさる筈で……」

十日ばかり前に、講中の人々と甲州を出発して江戸まで来たのだが、その中の一人が

卒中で倒れてしまい、意識のない病人をおいて旅を続けるわけにもいかないので、甲州へ知らせをやり、家族がかけつけてくるのを待っていたという。

「青山とことは眼と鼻の先で、お秋様のほうから訪ねて下さいまして、昔話を致しましたが……」

それがなにかと、不安そうな眼をする。

原宿村を出て、青山の梅窓院へ向う途中、東吾は道を変えて、香具橋のほうへ下りてみた。

勘が当って、お秋は小川のほとりにすわっていた。近づいた東吾と源三郎をみると、静かに草の上にすわり直した。

「藤太郎さんのことでございますね」

いささかも悪びれたところのない声である。

「あの人は、清吉の仇《かたき》です。十年前にこの川で溺れた清吉を、あの人は助けもせずに、救いも呼ばずに見殺しにしたんです」

十年前、清吉は五歳だったが、藤太郎は十五にもなっていた。

「清吉が足をすべらして土手からずり落ちて行くのを、藤太郎は手をさしのべようともせず、ぼんやり突っ立っていたそうでございます」

川へとび込んで助けることが出来なくとも、大声で助けを呼べば、すぐ近くが長谷寺の門前町である。

「清吉が落ちて行くのを遠くからみた人が、かけつけて来てくれて、助け上げた時、清吉は、まだ息があったそうでございます。もう、ほんの僅か、早くに助け上げられていたら、清吉は死なずにすんだのでございます」

十五歳の異母兄が茫然自失していたために、お秋の子は死んだ。

「それで、藤太郎を殺したのか」

「殺してやりたいと思いました。十年ぶりに江戸まで来て、立派に成人したあの人をみて、お嫁さんまでもらうのだときかされて……生きていれば、清吉は十五になっている筈でございます」

怨みの心を抑えかねて、お秋は婚礼の夜、万屋の裏口から忍び込んだ。

「でも藤太郎は死んで居りました」

出刃庖丁で胸を突いて布団の上に突っ伏していた。

「私、夢中で藤太郎の手を柄からはなし、刃物を抜こうと思いました。でも、血をみたら気が遠くなって……」

どうやって青山まで帰って来たのかおぼえていないという。

「こう申し上げても、容易に信じては頂けますまい。下手人としてお仕置を受けることは覚悟して居りました」

この世に、なんの未練もないとお秋はいった。

「親の家は、今は兄が継いで居ります。この年で兄の許に居候をして居るのは、つらい

ことでございます」

死ねるものなら、一日も早く亡き息子の待つところへ行きたいと願いながら、

「やはり怖しくて、自分で死ぬことは出来ませんでした」

お上の手で殺してもらえるなら、本望だと神妙に手を突いている女を眺めて、東吾も源三郎も暫く、棒を呑んだような恰好であった。

「それじゃ、藤太郎って人は自殺だったんですか」

事件が片づいて二日ばかり経った午下りに、「かわせみ」のるいの部屋では、東吾がるいの膝枕で大川を眺めていた。

「なにも、俺も源さんも、お秋のいいなりになったわけじゃない。ただ、この女は嘘をついていないという直感のようなものはあったがね」

「お二人とも、女の人に弱いから……」

「馬鹿をいうな、相手はもう四十をすぎているんだぞ」

東吾と源三郎が訪ねたのは、藤太郎のかかりつけの医者であった。

「もはや、藤太郎さんのなくなったことでもございますし……」

最初は口の重かった医者も、藤太郎が自分で死んだらしいと聞くと、なにもかも話す気になった。

「藤太郎さんは、あの時からずっと夢でうなされっぱなしだったようでございます」

あの時というのは、清吉を小川で溺れ死なせてしまったことで、

「手前は藤太郎さんが弟を殺す気で、知らん顔をしていたとは思いません。人間には、いざという時、すくんでしまって声も出なくなる場合がございます」

それでも目の前で弟が死に、それが自分の責任と気がついた時から藤太郎の神経は狂いはじめた。

「夢に清吉さんが出て、助けてくれと呼ぶんだそうでございます」

藤太郎はねむれなくなった。食欲がなくなり、著しく衰えた彼に父親は驚いて事情をきき、医者に相談をした。

「ねむれる薬はございます。けれども、長く続けてよいものではございません」

良心の呵責《かしやく》と弟の亡霊に悩まされて、藤太郎は半病人になった。

「自殺と聞いて、思い当ることがございます」

今度の縁談は、いっそ嫁でも持たせれば、気分が変って、心の病いから救われるのではないかという親の配慮であったが、

「藤太郎さんが手前のところへ参りまして、男女の秘事とは、どうするものか教えてくれと申します」

二十五にもなっている男に、そんなことを訊かれて医者も当惑したが、

「まあ絵などをみせまして、一通りの話はいたしました」

ところが、藤太郎は蒼白になって、とても自分にはそんな能力はない、恥をかくだけだから、嫁取りはやめるといい出した。

「手前は口を酸《すっぱ》くして、男なら誰でも出来ることだと、力づけたのでございますが、帰る時は死人のような有様で……」

医者の言葉を、父親の小兵衛も肯定した。

「こんなことになりまして、今更、お話し申すのも情ないのでございますが……」

婚礼の前夜に、藤太郎が泣きながら、縁談をことわってくれといい出した。

とても、夫婦になる自信がないと訴えもした。

「そういわれても、明日が婚礼でございます。今更、どうしようもございませんし、私は嫁が来てしまえば、必ず、どうにかなると思いまして……」

最初が不安なのは、男も女も同じことである。

だが、それは人並みの男に通用することで、長年、心を病み、疲れ果てた藤太郎の神経と肉体にはあてはまらなかった。

思いつめた花聟は、初夜の新床で自らの命を絶った。

「かわいそうな人……」

るいが眼をうるませた。

「藤太郎さんも、お秋さんって人も……」

藤太郎が自殺と裁断されて、講中の人と一緒に西国巡礼に発って行ったお秋は、今頃、どこを歩いていることか。

「お秋はいっていたよ。今までは我が子の清吉一人の菩提のために鐘を鳴らして来たが、

今日からは藤太郎のためにも、合掌し、経を称えようと思っているとね」

それだけが、たった一つの救いだったと、東吾は呟いた。

とはいえ、この先の生涯を二人の子のために念仏するだけで終えようとしている女の一生は、あまりにも痛々しい。

「子供が授かっても、世の中には不幸せな人もいるんですねえ」

晴れて夫婦になれなくとも、せめて東吾の子を産みたいと願っているのに、一向に子宝に恵まれない寂しさを、るいはそんな言葉で自分にいいきかせているようである。

大川の上に、今日は女の涙を思わせる雨がひっそりと煙っていた。

幽霊殺《ゆうれいごろ》し

一

「世の中には馬鹿な奴が居りますもんで……」

酒が入って、すっかり気が楽になったという顔で喋り出したのは、深川の長助、本業は蕎麦屋だが、若い頃からの捕物好きで、八丁堀同心、畝源三郎から手札をもらっている御用聞きの一人である。

ところは大川端の小さな旅宿、「かわせみ」の女主人、るいの居間で、珍しく三日ばかり寝ついた源三郎の、今日は快気祝という名目の、ごく内輪の集まりであった。

「その通り、好きでもねえ鯖《さば》の味噌煮なんぞ無理に食いやがって、あたってりゃ世話はねえや」

床柱に行儀悪く寄りかかっている神林東吾が、もう何度目かの悪態を叩いて、病《や》み上

りの友人をからかったので、長助が慌てた。

「いえ、そうじゃござんせん。幽霊が殺されたって話なんでございます」

つきっきりでお酌をしていた、「かわせみ」の女中頭のお吉が、それで笑い出した。

「よして下さいよ。人が殺されて幽霊になったってんならわかりますけど、なんで、幽霊が殺されなきゃならないんですか」

長助が嬉しそうに一座を見廻したのは、お吉のような反応を予期していたからのようで、

「そこなんでございますよ」

お吉になみなみと注いでもらった茶碗酒を片手に得意になって膝を乗り出した。

浅草の橋場のはずれに、そのあたりではちょっと目に立つ瀟洒な寮があった。

「持主は、深川で貸席をやっている旦那で、おかみさんが病身なので、まあ、その養生のための家なんですが、先月末に、そのおかみさんのおれんさんが歿《なくな》りましたんで……」

店は客商売のことで、通夜も葬式も橋場の家のほうで丁重にいとなんで、

「二七日《ふたなぬか》の晩に、旦那の枕許に幽霊が出ました」

「旦那にお妾がいて、おかみさんは死んでも死にきれないって奴じゃありませんか」

お先っ走りのお吉が口をはさみ、長助がもったいぶって首をふった。

「幽霊が無心をしたんで……」

生前、大事にしていた露芝模様の小袖に、未練が残って成仏出来ないので、それを出してくれと、おれんの幽霊がいったという。

「で、旦那がおそるおそる、その着物を出してやりますと、幽霊はそいつを持って、かき消すように居なくなったってんです」

「女はやっぱり、強慾なものだな。たかが、小袖一枚で、十万億土から舞い戻って来やがるんだから……」

東吾がよけいなことをいって、るいに膝をつねられ、お吉は真顔で、

「そんなにお気に入りの着物だったら、お棺に入れてあげりゃよかったのに……」

と相槌を打った。

「それで、なんじゃありませんか、翌朝、墓へ行ってみたら、その着物が卒塔婆《そとば》にひっかかってたっていうんじゃございませんか」

新しい徳利を運んで来た番頭の嘉助が、にこにこと話に加わった。

こういう世間話が大好きな「かわせみ」の連中である。

「番頭さんにゃお気の毒だが、墓には何事もございませんで、そのかわり二、三日すると、又、出て来たんで……」

「おかみさんの幽霊がですか」

いくらか気味悪そうに、るいが訊く。

「へえ、出ました」

「今度は、なにを無心したんだ」

「鼈甲《べっこう》の櫛と、珊瑚《さんご》のかんざしだったそうです」

「やったのか」

「いえ、流石《さすが》に今度は旦那もおかしいと気がついたんで、幽霊の影の映っている障子越しに脇差で思い切り突いたんで……」

「幽霊が悲鳴をあげてぶっ倒れたか」

「声をあげたかどうかは知りませんが、手ごたえがあって、障子をあけて、灯をつけてみると、これが女中のおきくって女だったんです」

「幽霊の正体みたり枯れ尾花、か」

長助と東吾のやりとりを黙って聞いていた畝源三郎が、その時、はじめて盃をおいた。

鯖にあたって寝込んだから、流石にやつれがみえるが、今日は「かわせみ」で風呂にも入り、髭も月代《さかやき》もきれいにあたって、なかなかの男前だ。

「それで、女中は死んだのか」

調子にのって話していた長助が、はっと真剣な顔に戻ったのは職業柄で、

「へえ、死んだってきいて居ります」

「気になるのか、源さん」

盃を指の先でおもちゃにしていた東吾が、なんでもない調子でいった。

「なんだったら、明日、腹ごなしに橋場まで行ってもいいぜ」

二

翌日、

「畝様は病後ですから、あんまり無理をおさせになりませんように……」

るいの配慮で、東吾と深川からはやばやとやってきた長助と、男三人は舟で大川を上った。

空は曇っているが、急には降りそうもない。

「今年は梅雨の来るのが早うございますかね」

お吉が舟に積みこんだ重箱の肴《さかな》で、東吾は早速、手酌でやり出したが、源三郎と長助はもっぱら握り飯で腹ごしらえをしている。

永代橋をくぐると右は本所、深川で、仙台堀、小名木川といくつもの流れが大川へ注いでいる。

両国をすぎて、左に御米蔵がみえるあたりになると、東吾はいい気持そうにねむってしまい、長助は、これも「かわせみ」から持って来た薄い夏布団をそっとかけた。

「神林の若様ってのは、いいお方でござんすねえ」

低い声でしみじみと呟いたのは、源三郎が床についた三日間、東吾がつきっきりで、畝兄弟でもああは出来ないというほどの看病をしたのを、これも深川からとんで来て、畝家に寝泊りして、医者を呼びに、薬をとりに走り廻った長助が知っていたからで、殊に

発病の最初に、医者が疫病ではないかといい出して、源三郎が家人を近づけない最中に、病人を叱りつけて、抱きかかえるようにして厠《かわや》へも連れて行ったし、湯茶を飲ませ、脱水症状になるのを食い止めた。

神林家からは、東吾の兄嫁にあたる香苗が女中を連れてやって来て、看病は自分達がするから東吾は屋敷へ帰るように勧めても、

「源さんは、わたしが傍にいるのが、一番、気がねがないと思いますので……」

とうとう、源三郎の枕許から動かなかった。

そのせいで、こうしてうたた寝をしている東吾も、どことなく面やつれしてみえるのが、長助には胸が熱くなるような思いであるらしい。

「日頃、御恩を受けているあっしらにも、ああは出来ませんでしたのに……」

源三郎は、なにもいわずに対岸を眺めていたが、眩しいほどの青葉をみつめているのが、いつか涙ぐんでいるのに気がついて、長助は慌てて口をつぐんだ。

畝の旦那には、こんなにいいお友達がいらっしゃる、と、それが嬉しくてたまらない長助でもあった。

東吾が目をさましたのは吾妻橋をすぎてからで、間もなく両国橋、左に金龍山浅草寺の屋根がみえ、山谷堀を眺めていると、そこはもう今戸で、橋場は目と鼻の先であった。

舟を上ってみると、川に沿って町屋は何軒かあるものの、すぐ背後は田畑ばかり、すぐ近くには浅茅ヶ原だの、鐘ヶ淵だのの名所がある。

「まあ、みたところ、お寺の多いところですねえ」

長助が嘆息ともつかぬ声をあげた。

渡し場まで迎えに出ていたのは、この辺りを縄張りにしている久三というお手先で、これは、長助があらかじめ若い者を使にやって一行の来るのを予告しておいたためで、早速、事件のあった「やなぎ」の寮に案内する。

橋場のはずれだが大川に面して黒板塀のある、なかなかの家で、入口には忌中の札が下っていた。

久三の話では、主人の安兵衛というのは、まだ、こっちにいるという。

「何分にも、おかみさんの四十九日もすみませんから……」

久三が先に立って門を入り、声をかけると手代風の男が出て来て、すぐに奥へ通した。

庭へむいた六畳の二間つづきで、その奥が仏間になっている。

主人の安兵衛は五十がらみのがっしりとした体つきで役者にしてもいいほどの男ぶりであった。手に数珠《じゅず》を下げて、へりくだった態度で畝源三郎と東吾に挨拶をしたが、物《もの》怖《お》じするふうでもない。

幽霊に化けた女中を殺してしまった一件についても、

「とんだことで、おさわがせ申してあいすみません」

女中の仕業とわかっていたら、脇差で突くような真似はしなかったと後悔している。

「御存知とは存じますが、このあたりには、野盗が出るときいて居りまして……、てっ

きり、そうした輩《やから》かと思いまして……」

長年使っていた女中の出来心ならば、それなりに配慮もあったという。

「死んだ女中の始末はどうしたのか」

源三郎に訊かれて、深く頭を下げた。

「みよりの者が参りまして、遺骨をひきとって参りました。金ですむことではございますまいが、供養《くよう》のために応分のことを致しまして……」

「そいつは、ちっとおかしかねえか」

東吾が伝法な口をきいた。

「きけば、女中は幽霊に化けて盗っ人を働いたんだ、盗っ人を殺したからといって、一々、供養の金を出す奴はいねえだろう」

「その通りでございますが、何分にも、手前共の奉公人のことでございますし、家内の喪中の出来事でもございましたので……」

どうも寝覚めが悪いと主人は眉を寄せた。

「本来なら、暇を出しても済むことでございました……」

「女中の親許はどこだ」

「洲崎の漁師で多助と申す者の娘ときいて居ります」

仏間からは香の匂いが流れて来た。

別間に膳の仕度が出来ているというのを断って源三郎が暇を告げると、玄関まで送っ

て来た主人が、久三にそっと金包を渡しかけた。

「お清めに、どうぞ……」

如才のない挨拶を、久三がもの馴れた手つきで押し返した。

「こちらの旦那は、そういうことがおきらいでございます。かえって、旦那のお為になりませんから……」

帰り道に、久三は悴夫婦のやっている一膳飯屋へ案内した。

「やなぎの旦那のところで用意したお膳には及びもつきませんが……」

遠慮そうに出して来た煮しめと菜飯を、源三郎も東吾も喜んで食べた。

「安兵衛という主人は、以前、侍じゃないか」

いい出したのは東吾で、

「料理屋の主人が脇差を持ち出して来て曲者《くせもの》を一突きというのは合点が行かねえ」

まして、安兵衛の話では、その辺りに出没する野盗の仕業と思ったというのである。

「盗っ人が相手と知ったら、まず、品物を渡して手むかいはしないのが、ああいう連中の常識だろう」

どんなに高価であったとしても、たかが、女の髪の道具である。

「その上で、お上に届け出るとか……」

「あの主人は、たしかお武家の出だって話ですよ」

長助が思い出した。

「古い話ですが……、深川のやなぎの先代の主人がなくなって、おかみさんが独りになってから聟に入ったってきいてます」

「浪人だったとかで、十年もむかしの話で……」

それ以上のことは、長助も知らないという。

「やなぎという貸席は、はやっているのか」

「まあまあじゃありませんか、特にいいとも悪いともきいていませんから……」

なんなら帰り道に深川へと長助が誘い、再び、舟で大川を下った。

久三は悴夫婦と一緒に渡し場まで見送っている。

「お手先で人のいいのは長助ぐらいのものだと思ったが、ああいう親父もいるんだなあ」

東吾が笑い、長助がどこでおぼえたか真面目に答えた。

「へえ、類は友を呼ぶっていいますから……」

実際、お手先の連中の収入は、お出入り先の商家から盆暮にもらうつけ届けの他に、なにかあった時の金一封で、ひどい奴は金が必要になると用もないのに商家へ顔を出し、そっちも心得ていて、顔をみたら金包を袂へ落すのが常識になっていたりする。

「あっしは蕎麦屋をやっていますし、久三爺さんのところも、悴夫婦が働き者ですから」

仙台堀を舟で入って、入り組んだ掘割をまがり、黒江町のあたりで、いったん、舟を返した。

この界隈《かいわい》の商家は大抵、荷を舟で運んで、各々の倉へ荷あげするから、掘割に沿って倉が建ち並んでいる。

黒江橋を渡ると、そこはもう永代寺門前仲町で、橋ぎわの自身番にいたらしい長助のところの若いのが思いがけない三人連れにびっくりしてとび出してくる。

この附近はもともと永代寺の社地であったのを承応《じょうおう》二（一六五三）年にお上のお許しを得て町屋として家作の出来たところで、住人は町方の支配を受けている。

場所柄、食べ物を商う店が多く、蕎麦屋では松坂屋、稲葉屋、菓子屋は金沢屋、越後屋、松風煎餅などが軒を並べている。

貸席「やなぎ」は馬場通りを越えた側の蛤《はまぐり》町にあった。店の前はやはり掘割で、左手に黒船橋、向い側は堀をへだてて黒船稲荷の土塀と松平伊豆守の屋敷の裏塀がみえる。

「やなぎ」はそれほど大きくはないが気のきいた店がまえで、忌中にもかかわらず、店先の掃除も行き届いている。

二階座敷は障子を閉めて、川からの風に簾《すだれ》が僅かに揺れていた。

店の前を通り越して横丁をまがると再び馬場通りで一の鳥居の近くに出る。

その先で町駕籠をたのんで、源三郎を乗せるつもりだったが、

「いつまで人を病人扱いにするんですか」

源三郎は笑ってとり合わない。長助とは、八幡橋の袂で別れて、東吾は急に照りつけ出した日ざしの中を源三郎と肩を並べて永代橋のほうへ向った。

「源さん、なにが気になった」

別れしなに、源三郎が長助になにかいいつけているのを少し離れてみていた東吾である。

「今のところは、これといって……、ただ、念のために、おきくという女中の親許を調べさせることにしました」

逆に、なにかお感じになりましたか、と訊ねられて、東吾も首をひねった。

「やなぎの主人が、やけに肝っ玉のすわっていたのも、元武士なら不思議はないな」

ただ、軽率というなら、幽霊の正体をたしかめもせずに突き殺した点だが、

「前に一度、欺されて腹を立てていただろうから、ま、不自然とはいえないだろう」

大川端の「かわせみ」を横目にみて、まっすぐ八丁堀へ戻って来た時は、二人とも汗びっしょりで、兄の屋敷へ入るなり、東吾は早速、井戸端へ行って水をかぶった。

兄嫁の香苗がすぐ浴衣を井戸端まで持たせてよこし、それをひっかけて部屋へ戻ると、下着から単衣《ひとえ》まで小ざっぱりしたのが乱れ箱に揃えてある。そんなところは大川端の「かわせみ」と同じだが、違うのはるいのほうは黙って突っ立っていても帯まで結んでくれる点であった。兄嫁は、まさかそこまではしてくれない。

着流しで涼んでいるところへ、用人が呼びに来て、兄の通之進が奉行所から下って来

たという。東吾は慌てて袴をつけて兄の居間へ行った。

兄嫁が甲斐甲斐しく着がえを手伝っているところで、

「東吾が屋敷にいるというのは珍しいな」

と聞えよがしの兄の声に、香苗が畝源三郎の病気を持ち出して弁解をしている。

「お帰りなさい」

廊下に手を突いて礼儀正しく挨拶をしてから、東吾は遠慮なく居間へ通った。

「畝源三郎の食当りは治ったのか」

早速、通之進が訊き、ここぞと東吾は威勢よく顔を上げた。

「源さんと橋場まで行って来ました」

幽霊殺しの一件を調子に乗って話し出すと、兄嫁はいつものように、誰よりも熱心な聞き手になってくれる。

一通り話が終って、香苗が夕餉《ゆうげ》の指図に立って行くと、それまで脇息《きようそく》に寄りかかって聞いていた通之進が訊いた。

「それで、東吾はどう思った」

東吾は頭へ手をやった。

「別に、今のところ、これといって不審はないように思いますが……」

「女中の親許がなんというかが面白いな」

「源さんが手配をしたようですが……」

「そうであろう、そうでなければ定廻りはつとまらぬ」

「兄上は、おかしいとお思いですか」

通之進が返事をしない中に、夕餉の膳が運ばれて来た。兄がめったに酒を飲まないから、東吾も兄の前で盃を取るのは正月ぐらいのものである。

酒のない夕餉がそうだらだらと続く筈もなく、通之進は上機嫌だが、うっかり「かわせみ」のるいの話でも持ち出されては剣呑《けんのん》と、東吾は飯が終るとそこそこに居間を立った。その背へ、

「東吾……」

と思い出したように、通之進が呼ぶ。

「明日、本所の麻生の義父上《ちちうえ》のところへ行って来るように……、源右衛門《げんえもん》殿のお話をうかがって来い」

「なんのお話ですか」

「それは、行けばわかる」

仕方なく、部屋へ戻ったものの、東吾は少からず気が重かった。

御留守居役、麻生源右衛門は、香苗の父に当る。通之進や東吾の亡父とは水魚の交わりとでもいった間柄で、まだ若くして父親を失った神林家の兄弟に対しては、どの親類も及ばぬほどの肩入れをしてくれた。

通之進と香苗が子供の頃からの許嫁で、すんなり夫婦になったのも、いわば親同士の

つき合いから始まったことで、夫婦仲は円満だが、困ったことに子が出来ない。

兄の通之進は、いずれ、東吾に家督を継がせる気で、次男坊の彼を他家へは養子に出さず、いくつになっても冷飯食いと、それはそれで、生来、のんき者の東吾は一向に苦にならないが、頭痛の種は、麻生源右衛門が妹娘の七重《ななえ》というのを、なんとか東吾の嫁にしたいと考えている点であった。

前に一度、通之進がそれとなく、

「東吾には、神林の家督を相続させせねばならず、七重殿に然るべき聟をお取り下さって、麻生家をお継がせ下さるよう……」

と伝えたが、そんなことでおいそれと納得する老人ではなく、

「なに、麻生の家は、東吾どのと七重の間に生まれた子供の一人に継がせる故……」

あくまでも初志貫徹といった面がまえを崩さない。

東吾はこの老人が好きだが、そういう理由で、麻生家の敷居は高かった。

で、翌日も兄の出仕後、なんとなし愚図愚図していると、

「畝様がおみえですよ」

香苗が知らせて来た。

定廻りは、とっくに町へ出ている時刻である。

玄関へ出てみると、神妙な顔で待っていた源三郎が、

「神林殿のお指図で、東吾さんと麻生殿へ参ることになりました」

「ということは、御用の筋か」

「左様です」

東吾は身仕度をし、いくらか気が軽くなって八丁堀を出た。

今日も暑いほどの陽気である。

「なんなんだ。いったい……」

歩き出してから訊いた。

「東吾さんは通之進殿から、なにもお訊きじゃありませんか」

「行けばわかると、それっきりだ」

肩を聳《そびや》かすのをみて、源三郎が苦笑した。

「この頃、本所界隈の大名屋敷に盗っ人が入っているようなのです」

ようなのだ、とあやふやないい方なのは、盗っ人に入られた大名の家が体面を考えて届け出ないからで、

「大名屋敷は町方の支配ではありませんから、まるっきり見当がつきませんが……」

被害はかなり多いらしいと源三郎はいう。

「支配違いだからと、放っておくわけにも参りません」

「成程、それで御目付にきいて来いということか」

東吾の顔が屋敷を出た時より、もう一つ明るくなったのは、そんな用件では七重を嫁になぞという話どころではあるまいと見当がついたからである。

三

麻生源右衛門の屋敷は小名木川沿いにあった。

　附近は武家屋敷が多い。

　川に沿って行けども行けども塀の続いているのは大方、大名屋敷だし、その他にも旗本御家人の住居が目立つ。町屋はその間にちまちまとかたまっていた。

大川のほうには御舟蔵があり、場所柄、あまり人の通行もない。

麻生邸は小名木川が新高橋をすぎて舟堀川と名を変えるあたりにあった。

角地で屋敷はかなり広い。

玄関には用人に続いて七重が出迎えた。

「父がお待ち申して居りました」

ぽつぽつ二十を越えようとしている年頃で、下手をすると嫁《い》き遅れになりかねないが、当人はまだ子供子供した感じで、目鼻立ちのはっきりした明るい娘であった。

東吾とは幼馴染だが、子供の頃の印象とあまり変っていないような気がする。

案内された居間には、源右衛門が待ちかまえていて、挨拶もそこそこに書棚からなにやら取り出してくる。

「天下泰平とはいいながら、近頃の侍どもは余程の腰抜けになって居るとみえる。盗っ人にまで馬鹿にされるとあっては言語道断。盗っ人に入られる大名屋敷もさることなが

ら、一向に盗っ人を捕えも出来ぬ火付盗賊改《ひっけとうぞくあらため》の者共も歎かわしいではないか」

老人の口調は最初からかなり激昂していて、その矛先《ほこさき》をかわしながら、なだめるのに東吾は汗をかいた。

だんだんに聞いてみると、昨年の晩春あたりから丸一年の間に本所深川で盗賊に入られた大名、旗本屋敷はおよそ十四、五軒、盗まれたものはさまざまで、手文庫の中にあったお手許金をはじめ、印籠《いんろう》や小《こ》柄《づか》、金目《きんめ》貫《ぬき》の類から、女の髪飾りなど手当り次第に荒らされているという。

印籠にしろ、小柄にしろ、いわゆる大名道具だから、大層、高価なもので、なかには由緒のある拝領物を盗まれて、表向きにも出来ず、途方に暮れている家もあるらしい。

それにしても大名屋敷のほうは、盗賊に入られたことは勿論、なにを盗まれたのかもひたかくしにする風があって、探索も埒《らち》があかない。たまりかねて、非公式に麻生源右衛門が耳に入った限りを東吾と源三郎に告げて盗賊逮捕の一助にしたいということであった。

二刻余り、老人の話をきいて麻生家を出たものの、東吾も源三郎も顔を見合すばかりであった。

盗賊に入られた家というのからして、正式にお届けが出たのは一軒もない。みんな、近所の噂話の程度である。従って、盗まれた品物も、漠然としすぎている。

「盗っ人にとって、大名屋敷は入りいいという話をきいたことがあります」

歩きながら、ぼそぼそした話ぶりで源三郎がいい出した。

「住いが広く、部屋数が多いのに、それほどの人数が住んでいない、おまけに表と奥との区別がはっきりしていますから……」

将軍家と同様に大名の屋敷にも表と奥があって、表は男、奥は女の世界と分けられている。殿様の他には原則として奥御殿は男子禁制で女ばかりだから、盗賊がそれを心得て、奥をねらったとすると、武士の屋敷へ入ったにもかかわらず危険性は殆どないといってよい。

「たしかに、大名屋敷にはそういうところがあるのだろうな」

宿直《とのい》の侍にしたところで、大抵、詰所に集っている。門こそ堅固に番人がいるが、塀をのり越えて侵入すれば、むしろ無人の境を行くようなものかも知れない。

「盗っ人が盗っ人でございという恰好をして入ってくるとも限らねえしな」

渡り仲間《ちゅうげん》のように、始終、あっちこっちの武家屋敷を転々として奉公して廻る奴もいるし、広い邸内には植木屋や職人が始終、出入りしている。

「化けて入ろうと思えば、まあ、手蔓《てづる》がありゃあ出来ないことはないだろう」

新高橋のところで小名木川を横断し、深川のほうへ向って行くと細川越中守の屋敷がみえ、その附近は材木置場であった。

「ここまで来たのですから、長助のところへ寄ってみましょう」

源三郎がいい、長寿庵へ行くと、

「旦那、これからお屋敷へうかがうところでした」

洲崎へ行って、おきくの親許に逢って来たという。

「やなぎの旦那がいったように、親父は漁師で多助といいますんですが」

当人にきいてみると、間違いなくおきくという娘を女中奉公に出していたが、当人が不心得を出したために殺されてしまったが自業自得で仕方がない、旦那のほうからは充分なお手当てを頂いたし、怨む筋はないと、ものわかりのいい話だったという。

これで、「やなぎ」の主人の申し立てに嘘はなかったことになった。

源三郎と別れて東吾が大川端の「かわせみ」へ戻って来たのは、もう夕刻で、一日中歩き廻った汗を流してるいの居間で飯になる。

「左様ですか、又、お大名屋敷が荒らされて居りますんで……」

たまたま、宿帳をみせに来た番頭の嘉助が、ちょっとなつかしそうな顔をした。

「源さんの話だと、大名屋敷は盗っ人にとって仕事をしやすいんだそうだ」

なんの気なしに話し出して、東吾が気づいた。

「待ってくれよ、仕事がしやすいと白状したのは盗っ人だろう。いったい、誰がそんなことをいいやがったのか」

「野分のさぶの一味じゃございませんか」

嘉助が宿帳をそっちのけにした。

「今から十五、六年もむかしになりますか」

嘉助がまだ、るいの父親に奉公していて、八丁堀にいた時分のことである。

「野分という仇名《あだな》は、一度、忍び込んだら、目ぼしいものは洗いざらいさらって行くところからついたようで、仲間はたしか五、六人とおぼえて居ります」

「今から十五、六年前か」

東吾がとりあげたばかりの盃をおいて、すわり直した。

「頼む、知ってることをみんな話してくれ」

嘉助も居ずまいを直した。

野分のさぶを首領とする盗賊は、その当時、大名屋敷ばかりをねらう一味として評判になった。

「手引をするのがお小姓吉と呼ばれる奴で、時には腰元にも化けたときいて居ります。盗みに入るのはさぶと、源八、こいつは侍上りで腕がたつと申します。七之助と松吉というのが見張り役で、辰三郎というのが贓品《ぞうひん》を金にかえる役をしたそうです」

お召捕になったのは、老中、青山下野守《しもつけのかみ》の屋敷へ忍び込んだ時で、

「さぶと七之助、松吉の三人は獄門になりましたが、残りの三人はとうとうつかまらなかったんじゃございませんか」

嘉助の記憶は例によって正確すぎるほどだ。

「いいことを聞いた。早速、源さんに知らせてやろう」

飯もそこそこに「かわせみ」をとび出して行く東吾を、るいは怨めしそうに見送って、

嘉助は、しきりにぼんのくぼをかいた。

八丁堀の畝源三郎の家へ行ってみると、源三郎はまだ帰って居らず、

「なにか調べものがあるとおっしゃって、奉行所へお出かけになりました」

東吾も顔なじみの下婢《かひ》が恐縮そうにいう。

勝手知った家のことで、かまわず上り込んで待っていると、やがて足音がして、

「お待たせしました」

「調べていたのは、野分のさぶの一味のことか」

「東吾さんは、どこでお聞きになりました」

「かわせみの嘉助がおぼえていたよ」

そういうところは以心伝心で、源三郎が奉行所の資料をざっと書き写して来たのを広げてみせる。

「捕らなかった奴は、源八とお小姓吉と辰三郎だ」

「源八は侍上り、がっしりとした中肉中背で、男前も悪くなかったと書いてあります」

「やなぎの安兵衛は背が高かったな」

その頃、出廻った人相書をみたが、そう似ているとも思えない。

「侍上りというだけで、幽霊殺しと大名屋敷を荒らす盗賊を結びつけるのは無理ですよ」

「やなぎ」の主人にまだ、こだわっているのかといわれて、東吾は苦笑した。

「いや、幽霊殺しの話をしたあとで、兄上が麻生老人をたずねろといい出したものだから、つい、両方を結んで考えたのだが、やっぱり、考えすぎだったかな」

それはそれとして、今度の大名屋敷荒らしが、十五年前の、野分のさぶの一味の生き残りという線は火付盗賊改のほうでも重要視して、探索の手がかりにしているという。

「ここに、野分の一味が十五年前に荒らした大名屋敷を書いて来ましたが……」

驚いたことに、田安、清水、一橋の御三卿まで入っていて、その他の大名家をみると大方が神田橋内、大名小路、或いは芝新馬場、桜田霞ヶ関、小石川門内、幸橋内などが多い。本所深川は一軒もなかった。

「こいつをどう考えるかだな」

東吾が腕を組み、

「一度、入ったところは剣呑だからはずしたと思われます。殊に手引をしたお小姓吉は、顔をみられている可能性がありますから……」

「それで、川のむこうへ鞍《くら》がえしたか」

江戸市中に大名屋敷はざっと二百六十余ある。

「神林殿から内々のお指図がありました。手前は、当分、夜廻りからはじめてみようと思います」

源三郎がこの男らしく、気負わない声でいった。

四

日が暮れてから、舟は大川から必ず本所深川へ入った。

小名木川を行く夜もあれば、仙台堀から廻る日もある。或いは竪川から六間堀を抜ける場合もあった。

本所深川は水路の中の町である。

「こうやって、ぐるぐる漕ぎ廻っているのも楽じゃねえな」

東吾が呟くように、あやしまれないために舟は毎日、変った。行徳あたりから来る野菜舟に化ける時は、東吾も源三郎も長助も、百姓の風体を装うし、油問屋の荷舟の時は町人風になった。

時には水路の中で舟に行き違うこともあった。

小名木川で川幅が二十間余りだから、小舟のすれ違いは、そう厄介でもない。

十日がすぎたが、なんということもなかった。本所あたりの大名屋敷に盗賊が入ったという噂もきかなかった。

その中に、長助が思いがけないところから盗賊の知らせをきいて来た。

「向柳原の大名屋敷が軒並み、やられていたんだそうで……」

例によって、被害にあったほうはひたかくしだが、噂は自然に広まって、橋場の久三の耳にまで入って来ている。

「噂ですが、神田川沿いでは酒井様、佐竹様、三味線堀の近くの小笠原様は間違いなくやられているっていいます」

「三味線堀に神田川か」

どっちも舟で大川に出られた。

「俺達の勘に、間違いはねえと思うんだがな」

歯ぎしりをしながら、その晩も、東吾は源三郎と舟で深川へ入った。

大島町の横を抜けると右が松平下総守《しもうさのかみ》の屋敷になる。

はっとしたのは、暗い水路からひょいと舟が漕ぎ出して来たことである。むこうも慌てて竿《さお》をさす、こっちも長助の若い者がふんばって、なんとかぶつからずに済んだのだが、その舟には提灯がなかった。積荷もない。乗っているのは男が二人、船頭が一人。

「申しわけございません。提灯の灯を消してしまいまして……」

思いがけないことに、むこうから声をかけて来て、船頭が提灯の火をつけさせてくれという。

長助が心得て故意に提灯をむこうにさしつけるようにしてみると、男二人の中の一人は「やなぎ」の安兵衛であった。

「これは長助親分でございますか」

橋場から舟で深川へ帰って来たところだといった。

「海からの風が、今夜は滅法、強うございます」

もう一人は手代で、礼をいって石置場の脇の水路を上って行く。

蛤町の「やなぎ」には、一番の近道であった。

更に数日が経った。

「変なことをきいて来たんですが……」

長助が舟の中で、

「本所の麻生様が近頃、由緒のある黄金仏を極内《ごくない》で入手なさったそうで、それが又、大層、御利益があるとかで、お屋敷お出入りの連中でおまいりをさせて頂いた者の話では、金むくの仏様もたいしたものだが、それの入っているお厨子《ずし》がまた、けっこうなもので……」

大きさはせいぜい黄金仏が三寸ばかりだが、値打はべら棒だと、ひそかな評判になっているという。

「よろしいんでございますかね、麻生様はお年寄で、お嬢さまとお二人、御家来衆も、それほど多いとはきいて居りませんが……」

もしも、盗っ人の耳にでも入ったら、と本気で心配している長助に、東吾と源三郎はぎょっとした。

「御老人、遂に堪忍袋の緒を切ったか」

噂話はおとりに違いなかった。

一向に捕らない盗賊に業を煮やして、黄金仏を餌に我が邸へ誘い込もうという、如何

にも麻生源右衛門らしい企みである。

「小名木川から目をはなせませんな」

その夜から、舟は源三郎と長助だけになった。

そして、また、三日。

月のない夜であった。

猿江町の前の水路に舟が着いた。五人が下りて、船頭はそのまま舟にいる。

そのあたりの商家の番頭がみていると五人の男はいずれも紋付袴で、手に数珠を持っている。

どこか知り合いの通夜にでも出かけて来たという様子であった。

夜が更けて、その附近の商家は大戸を下した。

武家屋敷のほうは、ひっそりとしている。

麻生源右衛門の屋敷の塀を黒い影がかすめるようにして越えた。

邸内の松の枝を足場にして音もなく庭へ下りる。

小半刻も経ったか、麻生家の裏口が激しく叩かれた。顔を出した小者に、走って来た仲間らしいのが知らせた。

「御屋敷内より煙が上って居りますが……」

用人たちがとび出してみると、たしかに炭小屋の戸に火がついている。

「火事だ」

という声で、麻生邸内は大さわぎになった。

麻生源右衛門は、まだ起きていたらしい、家士を指図しながら、大声で叫んだ。

「七重……仏間を気をつけよ」

そのまま、裏のほうへ走って行く。

七重が仏間に入って、厨子ごと黄金仏を袂に抱いて、自分の部屋へ入る。

黒い影が襲いかかったのは、その時で、七重は左手に厨子を持ち、右手で懐剣を抜いた。

相手は黒い布で顔を包んでいる。腕には自信があるのか、素手で七重に近づいた。

七重は無言でじりじりと下る。

行燈の灯が、否応なしに曲者の面体《めんてい》を照らし出した。黒い布のかげから眼と鼻と口許と。

「やっぱり、お前か」

陽気な声がして、屏風の脇から東吾が顔を出した。

「俺の勘も満更じゃなかったらしいぜ」

盗賊が廊下へ逃げた。

が、東吾のほうが一足早く、その前に立つ。

七重がきいたのは、がっと大気を破って抜き合せた二本の刃が宙ですれ違った時、東吾の唇を洩れた裂帛《れっぱく》の気合であった。

麻生家へ忍びこんだ盗賊は、およそ八人、五人までが麻生家の邸内で捕えられ、逃げ出した三人は舟に乗るところを、源三郎と長助がとり押えた。

間もなく、八丁堀からは知らせを受けて、与力、神林通之進、三村吉兵衛が同心配下を従えて、麻生家の門前に到着し、麻生家からはすでに取り押えてあった五人を突き出して、門前《もんぜんど》捕りにした。

その頃には、噂をきいて集って来た野次馬で道という道は一杯の人だかり、中には川に舟を浮べて見物する者もいて、この夜の捕物は暫くの間、本所の語り草になった。

五

「そりゃもう、下手な芝居なんぞみるよりも、よっぽどのみものでございましたよ。なんてったって神林の旦那様が御自身でお出ましにおなりなすったんですから……、団十郎も藤十郎もはだしで逃げようって男前でござんしょう、絵に描いた殿様ってのは、あいうのを申すんじゃございませんか、いえ、あっしがいうんじゃなくて、本所の連中が口をそろえていいますんで……、八丁堀の旦那様でなけりゃ、似顔絵が売りに出て、とぶように売れようって按配です」

雨が大川をけむらせている午下りに、「かわせみ」のるいの居間では、昼酒にまっ赤になった長助が身ぶり手ぶりの捕物ばなしで、東吾は床柱によりかかって、るいのお酌、源三郎はお吉の手料理の豆腐の田楽を、さして旨くもなさそうに食べている。

本所の麻生家の大捕物から、まだ十日と経っていないが、すでに源八、辰三郎を含めた八人の盗賊は残らず処刑されていた。

これほどに早かったのは、彼らの押込み先が大名屋敷であったことと、奥向きに忍び込んで、女中や奥方のような身分の女まで毒牙にかけていたことがわかったためで、ずるずるとお調べが長びいて、彼らの口からとんでもない大名家の恥が表沙汰にならない中に、手ぎわよく吟味を終えてしまったものであった。

「それにしても、あたしはよくわからないんですけどね」

ちょうど宿屋稼業の、一番暇な時刻をいいことに嘉助ともども、べったり腰をすえてしまっていたお吉が、不審顔で切り出した。

「うちの番頭さんの話だと、十五年前の野分の一味でお召捕にならなかったのは、源八ってのと、お小姓吉と、辰三郎と三人だったたっていいますでしょう」

侍上りの源八は、東吾がこだわったように、「やなぎ」の主人安兵衛で、辰三郎はその手代に化けていた。

「あとの連中は、源八が首領になってから集ったんですから、どうってことはありませんけど、肝腎のお小姓吉ってのは、どうなったんですか」

東吾が長助をみた。

「そいつは長助親分にきいてみろ」

長助が片手で酒の廻った顔をつるりと一撫《な》でした。

「若先生も人が悪い。そいつはあっしのしくじりで……」

源三郎が律義に助け舟を出した。

「長助のしくじりともいえません。手前も一杯食ったのですから」

「死んじまったんですか、お小姓吉は……」

「いや、ついこないだまで生きていました」

「だってお仕置になった八人の中には、お小姓吉はいなかったって……」

「居りません」

「畝の旦那……、焦《じ》らさないで教えて下さいよ」

お吉が苛々《いらいら》して、るいがそっとたしなめた。

「お吉だって、捕物好きなんだから、自分で少しは考えてごらん」

「お話の中にお小姓吉は出てくるんですか」

「出て来ますともさ」

るいも嘉助もにやにやしているので、とうとうお吉は頭に来た。

「だって、今度のそもそもは、橋場の寮の幽霊殺しからはじまって……」

「殺されたのは、誰でしたっけ」

「女中のおきくさん……」

ああっとお吉が大声を出し、一座がどよめいた。

「おきくさんがお小姓吉ですか」

源三郎がやっと田楽の皿から顔を上げた。

「源八の女房のおれんというのと、お小姓吉はいい仲になっていたんですよ」

十五年前に逃れた源八は、一度、江戸をはなれていたが、頃合をみて舞い戻って来た。

「たまたま、深川で後家になって貸席のきりもりをしていたおれんを知って、おそらく源八のほうから持ちかけたのでしょう。あの通りの男前ですから、女もその気になって夫婦になった」

最初は、おれんも源八の素性を知らなかったし、源八も神妙に貸席屋の主人に化けていたが、やがて甲州のほうに逃げていた辰三郎や、房州へ行っていたお小姓吉が江戸へ帰ってきた。

「多分、何年たったら、どこそこで再会しようというような約束があったようです」

辰三郎は「やなぎ」の手代になり、お小姓吉は橋場の家へかくれた。

「三人一緒だと目に立つと思ったんでしょう。殊にお小姓吉は蔭間《かげま》あがりで人目につきやすいので、女の恰好をさせておいたほうがいい。女房のおれんが体を悪くして橋場へ住むようになってからは、尚更、男では具合が悪いから、女に化けさせていたわけです」

が、一軒の家に住んでみれば、どう化けようと女の眼に男の女装がわからぬわけはなく、

「そのあたりから、おれんもだんだん、おかしいと思うようになったのでしょう」

なにしろ、当事者が二人共、死んでしまっているから、あくまでも源八の申し立てに、こっちの推量をつけ加えるだけだが、

「おれんの口を封じるために、お小姓吉がいい仲になったのか、はずみでそうなったのかはわかりませんが、二人の仲を知って源八は激怒したようです」

元が侍だけに間男された時は重ねておいて二つにするという量見だったのが、

「源八はまず、おれんを殺し、一味の一人を医者にして病死とごま化し、そのあげくにお小姓吉を殺した。その後始末に困って、幽霊殺しの話を考えたわけです」

長助が調べに行った洲崎の漁師は金をもらって口裏を合せたもので、

「あの時、あっしがもう少し、近所をきいて歩けば、娘なんぞいなかったってことが知れたんですが……」

長助は酔いのさめた顔でしょんぼりしている。

「しかし、幽霊殺しなんて、馬鹿馬鹿しい話を考え出したから、源さんが乗り出したんだ」

大名屋敷を荒らしても、根性は小盗っ人だと、東吾は面白そうに笑っていたが、源八を捕えるために三日も麻生家に居候をした話になると、急に落ちつかなくなった。

「七重さまは、そりゃあ可愛らしいお嬢さま、どなたかさんは、さぞかし、鼻の下を長くして、居候をなすっていたことでございましょうねえ」

るいが冗談らしくいったくせに、不意に横をむいて涙を浮べたのをみると、源三郎も

長助も慌てて立ち上った。

「すっかり御馳走になりました。手前はまだお役目が残っておりますので……」

あっという間に、「かわせみ」の居間から他人が消えて、

「源さんも長助も友達甲斐のねえ野郎だな」

東吾の呟きを、るいがそっと袂でかくした。

雨の音だけが、だんだん強くなっている大川端に、今日は行き交う舟もない。

江戸は、いよいよ梅雨であった。

源三郎《げんざぶろう》の恋《こい》

一

八丁堀同心、畝源三郎が、その日、目黒白金を訪れたのは私用のためであった。

八丁堀の畝家に、源三郎の親の代から奉公していた下婢《かひ》が、老齢のため、数年前に暇をとって白金村で百姓をしている悴の許へ身を寄せていたのだが、この春の終り頃から体を悪くして寝たり起きたりだという。

源三郎がそれを知ったのは、やはり畝家に奉公している下男が白金村の出身で、親許からの便りのついでに知らせて来たのを主人の耳に入れたからであった。

その下婢は名をよねといって、畝家に娘の頃から奉公し、一度、嫁いだが若くして寡婦になって、再び、畝家へ戻って来た。

ちょうど、源三郎の母親が下の子を流産して、以来、健康を害したまま、床につくこ

とが多かったので、幼い日の源三郎の面倒をみたのは、よねであった。

よねは気の優しい女だったが、芯にしっかりしたものがあって、源三郎の母親からそうするようにいいつけられていたのだろう、源三郎の躾《しつけ》はかなりきびしかった。たちの悪い悪戯をした時などは、

「侍のお子ともあろうお人が……」

と涙をこぼしながら、小半日も説教をするのだが、その説教が彼女の子供の時にさんざん聞かされて来たらしい近所の寺の和尚の口真似なので、源三郎はそれがなによりの苦手であった。

が、源三郎の好物は母親よりも知っていたし、彼が父親の跡を継いで奉行所に出仕するようになってからは、家の中の一切のきりもりはよねがしたし、どんなにいってやっても、源三郎より先に床につくことはなかった。

よねが白金村へ帰ってしまったあとの寂寥《せきりよう》は、源三郎にとって忘れ難いものでもあった。

で、見舞に行ってやらなければと心にかかりながら、つい、御用にまぎれていたのを、漸く小半日の都合がついて、そそくさと八丁堀を出て来たものだ。

梅雨の晴れ間の、うっとうしい曇り日で、幸い気温はそう高くもない。

定廻《じようまわ》りで鍛えた足だから、八丁堀から麻布までをたいして苦にもせず歩き通して、やがて四の橋を渡り、新堀川に沿って行くと広尾原に出る。この辺りは、まず、昼間でも

人っ子一人通らない寂しい道で、よねの悴の太市の家は、原の裏側の竹林の中にあった。

太市は畑に出ていたが、思いがけない源三郎の姿に仰天して出迎え、慌てて家に招じ入れようとしたが、きいてみると、よねは近くの寺へ灸《きゆう》の療治《りようじ》に行っているという。

「その寺はどこだ。なんなら迎え旁々《かたがた》、俺が行ってみよう」

一刻も早く、よねの喜ぶ顔がみたくて、源三郎は草鞋《わらじ》の紐もとかず、道案内をするという太市をことわって、ざっと教えてもらった本妙寺という寺へむかった。

そこへ行く道も、大名の下屋敷が点在する他は百姓地か寺であった。

本妙寺で訊いてみると、灸の療治をしているのは、その寺の地内にある小さな庵室で、その周囲には紫陽花《あじさい》がおよそ四、五十株も植えてあって、今が花の盛りであった。

源三郎がそこへたどりついた時、よねは灸を終って、庵主らしい品のいい尼僧に手をひかれて庵室を出るところであった。近づいて声をかけた源三郎をみると、

「旦那様……」

よろめくように手を突いて、もういっぱいの涙である。そんなよねをみると、源三郎も胸が熱くなって、八丁堀から暇をとって帰って行ったときよりも一廻りも小さくなってしまったよねの肩を抱いてやって、暫くは言葉もない。

尼僧が気をきかせて、二人を庵室へ案内し、源三郎が足を洗っている中に、馥郁《ふくいく》とした茶を用意してくれた。

「庵主様の紫香尼様です」

よねが源三郎をひき合せ、紫香尼と呼ばれた尼僧はつつましく会釈をした。

「こちら様のことは、よねどのから、いつもお話をうかがって居りましたので、はじめてお目にかかるような気が致しません」

尼僧にしては、低いが甘さを感じさせる声で、源三郎は漸く相手をみる余裕が出来た。年は三十そこそこだろうか、よくととのった目鼻立ちで、きれいに剃《そ》り上げた頭のせいか、美少年という印象がする。そういう意味では、女っぽい声はこの尼僧の容貌とやや不釣り合いであった。

「よかったこと、およねさん、あんなにあいたがっておいでだったお方が、わざわざお出かけ下さって……」

紫香尼にいわれて、よねは再び手拭を目にあてた。

そこへ太市が迎えに来た。足が弱くなってしまったよねは太市に背負われて療治に来、迎えに来てもらって帰宅するという毎日だという。

「今日は、俺が背負って行く。せめて、そうさせてくれ。よねには子供の頃、さんざん、おぶってもらったんだ」

源三郎がそういわずにはいられないほど、よねは老い、やつれていた。そして、よねを背にした時、源三郎の気持は更に悲痛なものになった。木綿の薄い着衣を通して伝わってくるよねの体は枯木のようで、手足はひんやりと生気がなかった。

一刻《いっとき》ばかり、よねの家で近頃の八丁堀の世間話を面白おかしく語ってやってから、源

三郎は帰途、もう一度、紫陽花の寺へ寄った。

紫香尼に、よねの容態を訊くためであったが、

「どこといって……、ただ、もうお年でございますから……、灸をすえるのは少しでも体をらくにしてあげたいためでございます」

自分は医者ではないので、くわしいことはわからないが、白金一丁目に幸庵という医者がいて、先月末によねが診てもらったときいているので、そこへ行くとわかるのではないかと、親切であった。

すでに夕暮れていて、空気がひんやりしているのは、今にも雨が降り出そうとしているからに違いない。

「失礼でございますが、今夜のお泊りは……」

心配そうに紫香尼が訊き、源三郎は少々、顔を赤くして答えた。

「狸穴《まみあな》に知り合いがござれば……」

会釈をして去りかけた源三郎を、紫香尼は白や薄紅色に群がり咲いている紫陽花の間に立って、いつまでも見送ってくれ、それに気がついて源三郎も二、三度、ふりむいて頭を下げた。

二

「それで、およねの具合はどうなんだ」

狸穴の方月館の、まるで大百姓の家のような広い板の間には囲炉裏が切ってあり、自在鉤には大鍋がかかっていて、旨そうな味噌の煮える匂いがしている。

囲炉裏の前に行儀悪くあぐらをかいているのは神林東吾で、月の中の三分の一は、この方月館の主、松浦方斎の代稽古のために狸穴に泊っている。

方斎は老年のため、朝も早いが、夜は日の暮れに軽い食事をとって、あとは奥へ入ってしまうので、宵から先の方月館は東吾の天下のようで、大酒こそ慎しんでいるが、囲炉裏の前で善助を相手に世間話をしたり、この春から方月館の下働きをしているおとせの一人息子、正吉の素読をみてやったり、けっこう、気儘《きまま》な夜を過している。

源三郎が狸穴へ寄ったのも、東吾がこの日、ここへ来ているのを知っていたからで、方月館へたどりついた時は、全身、ぐっしょりと雨に濡れて、提灯の灯は消えてしまう、さんざんの体《てい》たらくでもあった。

大川端の「かわせみ」にいる時は縦のものを横にもしない東吾だが、方月館では、けっこうまめで、それ風呂へ入れろ、着がえは出したか、一々、善助に声をかけ、

「若先生がおっしゃるまでもなく、ちゃんとおとせさんが気をつけてくれています。まあ、囲炉裏でお酒の燗でもなすっていて下さいまし」

風呂の火を焚きつけていた善助に笑われた。

湯にあたたまったところで、二、三杯の酒をのみ、ほっと人心地のついた源三郎に早速、東吾がきいたのは、よねの容態で、畝家によねが居た時分には、よく出かけて行っ

て手料理を食べさせてもらった恩義がある。

「幸庵という医者の話では、痛風で、そっちのほうは今のところ、薬と灸が効いているようですが、何分にも気力がなくなって、悴夫婦がよくよくいわないと飯を食う元気もないというんです」

おとせが鍋からよそった芋だの大根だのの入った汁の椀を両手で持って、源三郎は気の重い顔をした。

「やっぱり、源さんのところへおいておいたほうがよかったんじゃないのか。息子のところへ帰って気が抜けて、急に老けちまったってわけだろう」

「しかし、六十をすぎましたからね」

「そんなになるのか」

「東吾さんが生まれた年に、亭主に死なれて、うちへ二度目の奉公に来たんですから……」

「ということは、源さんだって二つか三つかだろう」

「まあ、襁褓《おむつ》をかえてもらったことはないようですが……」

「寝小便の始末はさせたんだろう」

「そりゃあ東吾さんでしょう。遊びに来て、よく泊って行ったじゃありませんか」

「冗談いうな、あれは源さんだよ」

男二人のやりとりに、飯をよそっていたおとせがついふき出した。

狸穴から白金村はそう遠くもないので、これからはおとせや善助が時々、およねの様子をみに行くということで、源三郎も一安心し、八丁堀へ帰って行ったのだが、方月館の稽古日が終って、東吾が威勢よく大川端の「かわせみ」へ顔を出すと、

「畝様は、ここんとこ、目黒の白金村にお通いなんですってね」

鰹《かつお》のたたきに、筍の木の芽あえ、茄子の田楽と、東吾の好物ばかりをとり揃えたお膳を前にして、早速、るいがいいつけた。

「お通いっていったって一度だろう。およねが痛風を患って見舞に行ったんだ」

「いいえ、この月に入ってから、もう三度ですって」

「三度……」

ということは、雨の夜に方月館へ寄ったのからあとに二度、白金村まで行ったかと、東吾は少々、驚いた。

「あきれた奴だな。俺のところに声もかけねえで……」

「どなたかさんは八丁堀から狸穴までは遠いからって、いらしたらいらしたきり、十日経たないとお帰りにもならないのに、畝様は二日おきにせっせとお通いですって」

東吾の膝にのせたるいの手に、やんわり重みがかかって、

「あの野郎のおかげでとんだとばっちりが来たもんだな」

それでなくとも、むしむしする「かわせみ」の居間が急に暑くなった。

「それにしても、源さんが三度も白金村へ行ったなんて、誰に訊いたんだ」

「畝様が御自分でおっしゃったんです」

「ここへ来たのか」

「ええ、一昨日、ちょっと相談にのってもらえないかとおっしゃって……」

「相談……」

「尼さんの手土産には、なにがいいかってお訊きになりにみえたんですよ」

流石《さすが》に、東吾は絶句した。

「およねさんが、お灸を受けに行っている尼寺の庵主さんに、お礼になにかっていわれたんです」

新しい徳利を運んで来たお吉が早速、話の仲間に加わった。

「お嬢さんといろいろ考えて、相手は御出家《ごしゅつけ》だから、まあ、せいぜい、さしさわりのない召し上がりものとか、上等のお線香とか申し上げてみたんですけど、畝様は、なにかもう一つ、ぴんと来ないみたいで……」

それが不満というお吉の顔だ。

「そんなややっこしいことを考えなくたって、相手はお寺さんなんだ、お布施《ふせ》を包んで行くのが一番、手っとり早いじゃないか」

「番頭さんが、そう申し上げたんですけどね。畝の旦那は、もっと、心のこもったものをっておっしゃるんです」

「お布施じゃ、心がこもらねえのか」

「畝の旦那がおっしゃるんですよ。出来れば尼さんが身につけるようなものって……」

「身につける……」

るいがそっと忍び笑いをした。

「お数珠ってわけにもいきませんでしょう」

「かんざしってわけにもいかねえなあ」

顔を見合せて笑い出してから、るいがさりげなく訊ねた。

「その尼さんって、おいくつぐらいの方なんですか」

「さあ、俺は、なんにも聞いてないぞ」

「お吉も嘉助もいうんですよ、畝様ったら、赤い顔をなすって……、なんだか、ただごとじゃないみたいですって」

「源さんが尼さんに惚れたってのか」

その夜は笑い話であった。誰も本気で畝源三郎が尼僧に恋をしたとは思っていない。

大体が、八丁堀では女嫌いと思われている男である。今までにも浮いた話は一つもなく、

「いい加減に源さん、かみさんをもらえよ。さもないと、俺といい仲じゃねえかって勘ぐられるぞ」

東吾が悪い冗談をいって、からかったことがあるくらいのものだ。

だが、それから又、十日ばかり過ぎて、神林家の屋敷の庭で、東吾が兄嫁の香苗の丹

精している朝顔の鉢をのぞいていると、

「こんなこと、東吾さんにおききするのは、はしたないと思いますけれど……」

香苗が遠慮そうに傍へ来て、

「畝さまに、お好きな人が出来たというのは本当なのですか」

東吾はあっけにとられた。

「義姉上《あねうえ》は、いったい、どこから、その話をきかれたのですか」

「旦那様がおっしゃいましたの」

「兄上が……」

「そんな噂が、どこかでお耳に入ったようですね。もし、本当なら、畝さまには御両親もないことだし、一肌ぬいでやらねばなるまいから、東吾様にお訊ねしてみるように、と」

「驚きましたね」

朝顔の、やっと一本だけ青い蔓が伸びかけたのに視線を落して逆に問うた。

「その……、源さんの相手は誰だか、わかっているんですか」

「いいえ……、どこのどなたとも……、それで、東吾様におききするようにと……」

内心、東吾は、ほっとしていた。よりによって、源三郎の相手が尼さんと知れていたら、八丁堀のいい笑い草にされる。で、

「どうも、その噂はあやしいものですよ。源さんに好きな女が出来れば、わたしが知ら

ないわけはありませんからね。誰かが、あの無粋者をからかってやろうとして仕組んだことではないでしょうか」

とりあえず、香苗の手前をとりつくろっておいて、早速、その翌日、畝源三郎の屋敷を訪ねた。

同じ八丁堀の中で、神林家は与力だから、三百坪の邸地を賜って居り、畝源三郎は同心として百坪と決まっている。

与力の屋敷は旗本並みに冠木門《かぶきもん》で玄関には敷台があり、ものものしいが、同心のほうは町屋造りで、それだけでも気さくな感じがする。

畝源三郎の家には先客がいた。

東吾の顔見知りの、飯倉の岡っ引で桶屋の仙五郎である。

「こりゃあ若先生」

正直に嬉しそうな顔をしたのは、

「実は、畝の旦那に、お指図を仰ぎに参ったんですが、深川のほうへお出ましとききまして、どうしたものかと弱って居りました」

たて続けに二つばかりお辞儀をされて東吾は苦笑した。

「定廻りの旦那が昼日中《ひるひなか》、屋敷にとぐろを巻いていられるようなら天下泰平だがね。俺は源さんが今日はどっちのほうへ行ったのか訊くために無駄足を承知でやって来たんだ」

源三郎は律義な性格で、大体、その日の町廻りの行程を留守宅にいい残してある。無論、予定通りに一日が終るとは限らないが、おおよその目安はついた。

「ところで、飯倉に、なにかあったのか」

勝手知った友人の家で、東吾が居間へ上ると、下婢が心得て茶を運んでくる。

「前から畝の旦那に気をつけるようお指図を受けて居りました件で、白金一丁目に幸庵と申します医者がいます」

その名前は、狸穴の方月館で源三郎から聞いていた。およねの痛風の診たてをした医者である。

「ここんところ、脅しの文がたて続けに来まして……」

仙五郎が取り出してみせたのは、いずれもぞんざいな結び文で、

「親の仇、思い知らせてやる」

とか、

「貴様を殺して、怨みを晴らす」

とか、

「闇夜の辻斬を忘れるな」

などと稚拙な筆で書いてある。

「親の仇は、すさまじいな」

文を眺めて東吾は笑った。

「幸庵には心当りがあるのかい」

仙五郎が、ぼんのくぼに手をやった。

「何分にも医者でございますから……、薬石効なく病人をあの世へ送っちまったことはございます」

どこで聞いたのか鹿爪らしく、

「幸庵の話では、この冬は殊の外、寒さがきびしくて、あの辺りでも随分と年寄がぽっくり逝《い》っちまったとかで、それを一々、怨まれてたんじゃあ立つ瀬がありません」

「家族にしてみれば、医者が仇か」

「匙《さじ》加減のしくじりならともかく、寿命で死んだのまで医者のせいにされてはかなわないと申して居りますんですが……」

「その他に怨まれる筋はないのか」

「当人はないといって居ります。まあ、あんまり評判のいい医者じゃございませんが、悪党というほどのこともございません」

貧乏人が薬代をとどこおらせたりすれば、患者を玄関払いにするなどというのは、

「どこの医者にもあることでございますから」

「今のところ、文で脅されるだけなのか」

「いえ、それが昨夜、早道場《はやみちば》で後から突きとばされて怪我を致しました」

早道場というのは、白金三丁目と四丁目の境の北側にある横丁で片側は武家屋敷、片

側は正源寺という寺に続く空地で、以前はよく辻斬や追はぎが出たところから、早足に歩くというのでついた名前だ。

もっとも、最近はあまり物騒だというので正源寺の周辺から白金台町にかけて町屋が少々、建ち並んだのでやや人通りはあるものの、急に賑やかになったというほどではない。

「怪我はたいしたことでもございませんが、その前にも新堀川の傍で人にぶつかって危く川へ落ちかけたことがあるそうで、当人はすっかり怯《おび》えて居りますんで……」

仙五郎の話をきいている中に、東吾の好奇心が動き出して、

「俺では、たいして役にも立つまいが、どっちみち、狸穴の方月館の稽古日なんだ。これから、むこうへ行ってみようか」

仙五郎は勿論、大喜びで、

「そう願えれば、有難いことで……」

出来ればすぐにも飯倉へ戻りたい風情《ふぜい》である。

「手前の勘なんぞ当てになりゃしませんが、どうも、いやな気分が致しますんで……」

もとより身軽な次男坊の立場なので、東吾は早速、屋敷へ戻って香苗に狸穴の方月館へ行く旨を話し、身仕度をして仙五郎と連れ立った。

途中でざっと腹ごしらえをして、飯倉の仙五郎の家へ寄り、若い者の弥之助というのを伴ったのは、彼が仙五郎よりも白金あたりにくわしいためで、長坂から坂下町を抜け、

松平陸奥守《むつのかみ》の屋敷のふちを通って新堀川へ出ると、そのむこうが田嶋町で、

「川を渡っただけで、えらく寂しくなるもんだな」

東吾が呟くように、それから先は武家屋敷と寺と百姓地ばかり、町屋は相模街道に沿って申しわけのように並んでいる。

相模街道はそのまま行くと目黒不動へ出るのでその参詣道にもなっているが、人通りのない田舎道で、その道の左右が白金であった。

幸庵の家は寺に囲まれた一角にあって、

「こいつは手間がかからなくていい。どの宗旨でもよりどりみどりじゃないか」

東吾が軽口を叩いて、仙五郎を当惑させた。

その声が聞えたのか、家にいた幸庵はむっつりと不機嫌であったが、仙五郎の問いには神妙に返事をした。

「新堀川のところで人にぶつかったのは先月のなかばでございました。四の橋の少し手前で、あの時は風が強く、雨も降って居りまして……」

吹きとばされそうになって歩いて行くと、いきなり横丁から男がとび出して来てぶつかった。

「はずみで川へ落ちそうになりましたが、何分にもその時は風と雨で……、むこうが故意にぶつかったとは思いませんで……」

夕刻で、まだ明るさはあったのだが、むこうは蓑笠《みのかさ》で、顔もろくろくみていないとい

う。

「二度目が昨夜でございまして、患家の帰り道に早道場で、いきなり背後から突きとばされて、えらい目にあいました」

塀にぶつかって頭を打ち、暫くは意識を失ったほどで、

「まだ、ふらふら致します」

額から頭に白い布を巻いているのが、ものものしかった。

「相手の顔はみなかったのか」

東吾が口をはさみ、幸庵がうなずいた。

「夜分でございましたし、突きとばされた時に提灯の灯も消えてしまいまして……」

「足音を聞かなかったのか。背後から尾《つ》けて来たのなら、足音があった筈だ」

「いえ、なんにも聞いて居りません」

場所が場所だけに足音でも聞けば要心したに違いないという。

「怪我をしているのに気の毒だが、襲われた場所まで行ってもらえるか。なんなら、駕籠を呼んでやってもいい」

東吾の言葉に幸庵は大儀そうに腰を上げた。

内弟子の若い男と、弥之助が左右から幸庵を支えるようにして白金一丁目から高野寺について横道へ入ると、片側は正源寺で、その小道は寺の間を抜けて行くことになる。

ここも、まことに寂しげで、昼でも辻斬が出ておかしくなさそうな按配だ。

高野寺の先が上杉弾正少弼《しょうひつ》の屋敷で、この道はそこで、いわゆる早道場に突き当る。右に行くと少々の町屋がみえるが、

「ここでございます」

幸庵が指したのは、御書院番組屋敷の塀の外で、向い側は上杉家で塀の外には松の古木が五、六本、ひとかたまりになっている。

「この木のかげにでもかくれていたら、足音を聞かれねえ中に、とび出して行けるな」

東吾がいい、幸庵は昨夜のその時を思い出したように身慄いした。

「患家はどこなんだ。ついでに案内してくれ」

しぶしぶといった恰好の幸庵をうながすと、上杉家の前で幸庵は道を左に折れた。まがりくねった道の左は武家屋敷、右は畑ばかりで、その先に本妙寺の鐘楼がみえる。

幸庵は本妙寺へ出る寸前で小道を右に折れた。そこに田舎らしからぬ瀟洒な家がある。黒板塀をめぐらしたその家の女主人が、幸庵の患者であった。

三

女主人はおつまといった。

年は二十二、三、商家の若女房が病身なので、養生旁々《かたがた》の田舎住いといった恰好で、家の中には女中と下男が一人ずつ。

「私には血の道の持病がございまして、昨日も、昼前に一度、幸庵先生に来て頂きまし

たが、夕方になって又、胸が苦しくなり、使をやって先生にお出で頂きました。そのお帰りに、とんでもないことになったとか、本当に申しわけなく存じて居ります」

日が暮れたといっても、まだ宵の刻で、雨もよいだったが、幸庵の家はそう遠くもなく、

「そんな物騒なことにおあいなさるとは夢にも存じませんで……」

眉をひそめたのが、どことなく婀娜《あだ》っぽい。

そこから幸庵をかえして、東吾は仙五郎と一緒にすぐ隣の本妙寺の境内へ入って行った。

紫陽花のよく咲いている片隅に庵室があって、今日も灸をすえてもらいに来たらしい何人かの姿がみえる。

おつまの家と庵室はちょうど背中合せで、その境のあたりにも紫陽花がぎっしりと植えてあった。

「あの女、素人《しろうと》じゃないな」

なんとなく庵室のほうを眺めながら、東吾が仙五郎にいった。

「おつまという女、誰の囲い者だ」

仙五郎がくすぐったそうな顔をした。

「そいつが、どうも、あんまり気色のよくねえ話でして……」

二本榎に高聖寺という、大きな寺があって、

「その住職の光照っての妾なんです」

前身はよくわからないが、

「まあ、水茶屋のようなところで働いていたっていう噂がございます」

おつまの家のある場所は本妙寺の地所で、

「本妙寺と高聖寺は同じ宗旨でございまして、高聖寺のほうは、地所が九千坪もあるてえ立派なもので、それにくらべると本妙寺はごらんのような貧乏寺ですから、なにかにつけて高聖寺の厄介になっている。そんなところから妾の家を建てられても文句一ついえないんじゃないかと思います」

光照にしてみれば、同じ宗旨の寺へ用たしに来たような顔で妾の家へ忍ぶことができる。

「いやな坊主だな」

「近頃は流石に気がさすかして、医者のようななりをして化けてくるって申します」

おつまのところには、始終、医者の出入りがあるし、
医者で食う時はやっぱり蛸《たこ》といい
の川柳のように、羽織を着て医者に化けるのは坊主の悪所通いの常套手段でもあったわけだ。

そんな立ち話をしていると庵室の入口に尼僧が患者を送って出て来た。

遠目だが、東吾が思った以上の美貌で、立ち姿のいいことは、むしろ、法衣でいなが

ら、たった今、逢って来たおつまより一段と色っぽい。

これは、ひょっとすると、と口には出さず、東吾は内心、途方に暮れた。よりによって、あの堅物が尼さんに惚れるというのは、因果なこととしか思いようがない。

紫香尼がいぶかしそうにこっちをみているので、東吾は本妙寺の鐘楼のほうへ歩き出した。

「畝の旦那は、あの尼さんにおよねさんが厄介になるからとおっしゃって、先だって、布団を一組、寄進なすったんで……」

ついて来た仙五郎の言葉に、東吾はぎょっとした。

「布団だと……」

「へえ、夜、敷いたり、かけたりする布団です」

「そいつは、源さんらしくもない、やけに色っぽい寄進じゃねえか」

さりげなく冗談をいいながら、東吾は舌打ちしたくなった。あの馬鹿が、よりによって、と呟いた時、仙五郎がのんびりと応じた。

「いいえ、色はねえんです。坊さんのだからって、白むくの上も下も、まっ白って奴なんで……」

方月館へ帰ってくると、仙五郎の若い者が先触れしてあって、おとせが手料理をととのえ、善助が風呂をわかして待っていた。

「畝様の御用のお代りをなすったそうで……」

稽古日より二日早い東吾の訪れを、おとせはいそいそと迎え、まめまめしく世話を焼いている。

方月館へ来てからは、化粧の気もなく働いているおとせだが、むしろ、日本橋の薬種問屋の女房だった時より、若く、いきいきして、その変貌には、時に東吾ですら眼をみはることがあった。

待ちかねていた正吉と一緒に風呂に入り、おとせの給仕で飯を食っていると、「かわせみ」とは又、違った雰囲気で、別になんということはないと自分にいいきかせながら、なにがなしに、るいにうしろめたさを感じている東吾でもあった。

「源さんが、あれから何度も白金へ行っているのを聞いていないか」

黙っているのは気づまりだから、早速、気になっていることを口に出すと、おとせも善助も口をそろえて、

「そのことでは、少々、心配をして居りました」

あの夜の約束で、善助とおとせは交替で白金村のおよねの様子を見舞に行っていたのだが、

「畝の旦那は二日おきぐらいにお出でになりまして……、それはまあ、およねさんが御心配なんだろうと思いますが……」

八丁堀から目黒白金まで決して近くはない道のりを三日にあげずやって来る。

「およねさんをお灸につれていらっしゃるだけで、休む暇もなくすぐお帰りになります。

いくら、御丈夫でも、あれではお体がたまりますまいと、他《よそ》ながらお案じ申して居りましたのですけれど……」

善助もおとせも、はらはらしながら見守っていたらしい。

「それじゃ、源さんが紫香尼に布団を寄進したってのも耳に入っているんだろうな」

二人がふっと顔を見合せるのを眼にして、東吾は絶望的になった。どちらかといえば、慎しみ深く、決して物事を好奇心だけでみない筈のおとせや善助までが、源三郎の紫香尼に対する関心に気がついている。

「ここだけの話にしてくれないか」

吐息をついて、東吾は声をひそめた。

「八丁堀で、源さんに好きな女が出来たんじゃないかと無責任な噂がとんでいるんだ。そりゃあ、あいつは独り身だし、相手によっては俺も力を貸したい。しかし、相手によっては、源さんの身の破滅だ」

おとせがうつむき、善助が何度も首をふった。

「俺は源さんの友達として、出来る限りのことをするつもりだ。とにかく、お前達の知っていることを話してくれないか」

善助が思い切ったように顔を上げた。

「先に申し上げておきますが、畝の旦那が決して紫香尼さんによこしまなことをなすっていらっしゃるわけではございません。それだけはたしかでございます」

ただ、およねが灸に通っている関係で何度か庵室へ顔を出した。その折に、紫香尼のほうから心配事を打ちあけられたりすることはあるらしい、と善助はいう。

「お二人の仲はせいぜい、そんなところでございます。夜具を寄進なさったのは、およねさんが厄介になっているお礼心で、その程度を面白おかしく申すのは、下衆《げす》のかんぐりで、畝の旦那がお気の毒でございます」

おとせもいった。

「私も、そう思います。もしも、畝様が紫香尼様に優しいお気持をお持ちになったとしても、それは、きれいなもので……、この前、畝様が白金のお帰りにこちらへお立寄り下さった時は、見事な紫陽花を沢山、私共へお届け下さったのでございます。その折のお話では、畝様が庵室の紫陽花をお賞めになったら、紫香尼さまがお土産に何本もお切りになったとか……、そうしたなんでもないことも、いやな眼でみる人がみれば、なんと申しますか、私どもがお案じ申していたのは、それだけのことでございます」

「わかった、ありがとう、よくいってくれた」

二人には頭を下げたものの、一人になってから、東吾は腕をこまねいた。

なまじ、きれいなだけに、源三郎の恋が真面目なものではないかと不安であった。

恋ばかりは、東吾の神道無念流をもってしても一刀両断というわけには行かない。

「直接、源さんにぶつかってみるか」

大きな嘆息をついて、東吾は夜具をかぶった。

四

翌日、東吾は方斎の供をして、青山の刀屋へ出かけて行った。

この刀屋は偏屈な親父だが、無銘の名刀を集めてくるのが旨い。方斎は時折、出かけて行って、刀のめききをするのをたのしみにしている。

この日も備前もののいいのが何本か集められていて、方斎は親父と刀談義をしているし、東吾もきらいな話ではないから神妙に耳をすませている。

青山へ着くまでは降り出さなかった雨が、刀屋へ入ると間もなく激しく降り出して、長話が終った頃に上った。

方月館へ戻ったのは七ツ下り（午後四時すぎ）、善助が慌てた顔でとび出して来た。

「今しがた仙五郎親分から知らせがございまして、手前が青山までお迎えに参ろうかと……」

反射的に東吾は訊いた。

「幸庵が殺されたのか」

「いえ、それが幸庵じゃございませんで、光照とかいう二本榎のほうの住職だそうで……」

その名前は昨日、仙五郎から聞いたばかりであった。

方斎に許しをもらって、白金のほうへ走って行くと、途中で弥之助に出会った。

「畝の旦那が、若先生をお迎えに行くようにと……」

「源さんが来ているのか」

弥之助が眼を伏せるようにした。

「およねさんが急にいけなくなりまして……、虫が知らせたんでしょうか、畝の旦那はちょうど白金にお出でになっていたんです」

先に立った弥之助が東吾を案内したのは、紫香尼の庵室であった。

「灸の療治に来ていまして、帰ろうって時に急に様子がおかしくなったんだそうです」

およねの遺骸は、すでに庵室から本妙寺のほうへ移されている。紫香尼は井戸端で汚れものを洗っていた。

「およねさんは体中のものをみんな吐いてしまったようで……」

東吾の姿をみかけて、仙五郎が走って来た。

「殺された坊主はどうした」

「畝の旦那が現場にお出でで……、なにしろまだお寺社からどなたもみえてませんので」

死体は動かしていないという。

現場は遠くなかった。

庵室を出て、すぐ裏がおつまの住居で、昨日、仙五郎と来た道を逆に歩いて行くと前方に上杉家の塀がみえてくる。

そこに人が何人も群がっていた。仙五郎のところの若い者が野次馬を追い払うのに声をからしている。

源三郎に近づいて、東吾はすぐにいった。

「およねのほうに行ってやりたいだろう。ここは仙五郎にまかせて……」

いずれ、寺社方から役人の来ることである。

「行きがかり上、そうも出来ません」

源三郎は比較的、冷静であった。

「とにかく、みて下さい」

死体は医者の風体で胸を一突きにされていた。凶器は脇差で胸に突き刺さったままである。鞘《さや》は死体の傍においてある。

「すぐむこうの松の根方に落ちていました」

「こいつは、ちょっとした拵《こしら》えだな」

青山の刀屋をのぞいて来たあげくだから、つい、脇差へ眼が行って、

「こいつが下手人《げしゅにん》の手がかりにならないか」

「残念ながら、持主が殺されたんですよ」

源三郎が笑いもせずに、

「光照のものだそうです」

「坊主が、刀なんぞ持っているのか」

「護身用に、医者の姿で外出する時は、よく持って出たといいます」

源三郎が手を上げて、一人の僧を呼んだ。

「高聖寺の妙玄さんで……」

傍から仙五郎が紹介する。

「殺された光照さんのお弟子だそうで……」

みたところ三十そこそこの青年僧で、背が高く、がっしりした体つきだが、思いがけない事態に仰天したらしく、顔面は蒼白で恐怖をこらえるのにせい一杯という様子であった。

「光照はおつまのところへ行く途中だったんだな」

東吾が声をかけると、ぴくりと一つ慄えて、かすかに頭を下げた。

「寺を出たのは、何刻頃だ」

「私はお見送り申したわけではございませんので……」

「大体は、わかるだろう」

「八ツ半（午後三時）より前ということはございません。寺に法要がございまして、終ったのが八ツ（午後二時）すぎでございましたから……」

「法事が終った頃、雨はどうだった」

「まだ降り出していなかったように思います」

「光照はいつも、おつまのところへ行く時は医者に化けるのか」

「いつもというわけではございません。本妙寺さんへお寄りになる時は……」

「医者の恰好じゃ具合が悪いやな」

東吾が無遠慮に笑ったので、妙玄はいやな顔をした。

そこへ寺社の係が来た。

「光照が殺されているのは、誰がみつけたんだ」

受け渡しがすんで、本妙寺のほうへ戻りかけながら東吾がきいた。

「幸庵のところの弟子です」

仙五郎がいい、源三郎が追いかけるようにいった。

「最初からお話しします」

源三郎が白金にやって来たのが、九ツ半（午後一時）近くで、およねは灸の療治に行っていた。

「手前が庵室へ参りますと、およねは灸が終ったところで、紫香尼と少々、話をしてから戻ろうとすると、急におよねが苦しみ出しました。最初は背中を撫でたりしていたのですが、どうも様子がおかしいので、手前が幸庵を呼びに行きました」

「源さんが自分で行ったのか」

「そうです。庵室には他に人がいませんでしたし、手前が行くのが一番、手っとり早かったからです」

「幸庵は家にいたのか」

「居ました。弟子に薬箱を持たせて、そのまま、本妙寺へ来たのですが、その時はもう手のほどこしようもない有様で……」

幸庵が来て半刻《はんとき》足らずの中に、よねは源三郎の手を握ったまま、息をひきとった。

「雨はどうだったんだ、源さん」

「降っていません。幸庵が庵室へ入ってからひどく降り出したような気がしますが……」

流石の源三郎も、よねの死に動転していて、雨にまで神経が行き届かなかったようだ。

「光照が殺されたのは、どしゃ降りの時だな」

東吾がいった。

「死体はびしょぬれだったし、血も洗い流されていた。それに、源さんが幸庵を迎えに行った時は往きもかえりもあの道を通っているのだろう。その時は、死体がなかったんだ」

「おっしゃる通りです」

「光照は、幸庵に間違えられたんじゃありませんか」

さっきから口出しをしたがっていた仙五郎がきっかけをみつけて、したり顔をした。

「光照は医者の恰好をしていましたし、幸庵のほうは、例の脅し文以来、どうも、誰かにねらわれていたようですから……」

「そうなんだがなあ」

本妙寺へ行ってみると、およねの通夜の仕度が出来ていた。

「源さんはさぞつらいだろう」

本妙寺には紫香尼も来ていて、なにかと手伝っている。焼香をすませてから、東吾は本堂の外で納所《なっしょ》坊主を呼びとめた。

「高聖寺の住職が殺されたのは、知っているだろう」

東吾が水をむけると、あまり思慮分別のありそうもない若い坊主は、なんでも、べらべらと喋った。

その夜は、本妙寺で通夜ということになって、方月館からは善助とおとせが炊き出しをして、酒と一緒に届けに来た。

「源さん、こっちのほうが涼しいぜ」

本堂の廊下へ源三郎を誘うと、今までどこへ行っていたのか仙五郎が山門のほうから走ってくる。

「行って参りました」

と源三郎に会釈したのをみると、彼の指図で出かけたものらしい。

「ちょうどいい、飯も酒もあるんだ、供養のためだから、一杯やれよ」

茶碗に酒を注いでやって、東吾はあたりを見廻した。本堂の中にはおよねの息子夫婦がいるだけである。

「幸庵は、およねが食当りのようなもので死んだといったそうだな」

食べたものになにか毒草のようなものがまじっていて、老人の体の弱っていたところだったから、命とりになった。

「源さんが庵室へ行った時、灸は終っていて、それから紫香尼と話をしたといったろう。その間におよねはなにか食べなかったか」

「手前も、それを考えているのですが……」

茶を飲んだと源三郎はいった。

「茶だけか」

「草餅がおいてありました。手前が行ってからは食べませんが、或いはその前に……」

「草餅に当ったって話は前にもあります」

仙五郎がいった。

この春、六本木の大百姓の家でよもぎつみをして草餅を作ったが、その中に毒草が間違って入っていたらしく、一家中が腹を下して大さわぎになったという。

「その時の医者は幸庵か」

「左様で……この辺には医者もそういるわけじゃありません。田舎のことですから、大さわぎで、暫くはその話でもちきりでした」

ちょっと考えて、東吾が再び、訊いた。

「紫香尼と話をしたっていうのは、なんのことだ。まさか、くどいたんじゃあるまい」

源三郎がまじめな顔で答えた。

「幸庵のことです」

その前にも、紫香尼から幸庵のことで相談を受けたと源三郎は話した。

「紫香尼と幸庵とは、灸と医者の関係で前から行き来がありまして……」

灸ではどうにもならない病人は幸庵のところへ行けと勧めるし、幸庵も灸が効きそうなのを紫香尼のところへ紹介してよこす。

「幸庵に脅し文が来たのを、紫香尼が心配しまして、手前に話しました」

おそらくは、患者などのいやがらせとは思いながら、源三郎はとりあえず仙五郎に幸庵の身辺を注意することと、最近、幸庵の患者で死んだ者の家族について調べさせたが、

「どうも、これといってそれらしい者は見当りません。で、その話をしました」

「幸庵がかけつけてきて、およねが息をひきとるまで、紫香尼はずっと庵室にいたのか」

源三郎の眼が或る反応をみせた。

「いた筈ですが……、ただ、何度か外へ出ています」

およねは苦しんで汚物を吐き続けた。その始末に紫香尼が何度も井戸から水を汲み、庵室の縁側へ運んだ。

「雨の最中だな」

「そうです」

「外へ出たってことは、ずぶぬれになった筈だ」

「着がえをしています。よねがいけないとわかったあとではないかと思いますが、手前も逆上していたので……」

親のように思っていた老女の最期であった。

八丁堀の役人とはいえ、人の子に変りはない。

「立派だぜ、源さん、流石、みるべきところはみている」

ひょいと立ち上った。

「源さんはここに居ろ。仙五郎を借りて行くよ」

本堂を下りてから、東吾がふりむいてみると、源三郎は悲痛とみえる表情で二人を見送っている。

「高聖寺へ行って来たんじゃないのか」

歩きながら、東吾がいい、仙五郎がうなずいた。

「源さんのいいつけだな」

「へえ、光照と妙玄の聞きこみで……」

「光照は評判が悪いな。けちなくせに女癖が悪いと本妙寺の納所坊主がいっていたよ」

「おっしゃる通りで……、ですが金集めはなかなかうまくて檀家《だんか》をあやすのも達者なようです」

「妙玄のほうは、どうかな」

「野心家だって話です。やり手だが金使いは荒いほうで……、それで、ごく最近、光照

からひどく叱られたそうです」

「成程……」

東吾が入って行ったのは、おつまの家で、仙五郎が戸を叩いて声をかけると、おつまが自分で玄関を開けた。洗い髪に浴衣姿である。

一杯やっていたのか、口許が酒くさい。

「高聖寺へ通夜には行かねえのか」

東吾が伝法な口をきき、おつまが笑った。

「いけるわけないじゃないの、坊主のかくし女がのこのこ出て行ったら、とんだ笑い者さ」

お上りよ、と気軽にいうのを、東吾は上りがまちに腰を下した。

「今日、旦那が来るのは知っていたのかい」

おつまが手を叩いて、女中に酒を運ばせた。

茶碗酒である。

「午前中に妙玄さんが知らせに来ましたからね」

「いつも、妙玄が知らせに来るのか」

「そうとは限りませんよ。檀家の帰りに不意に来たり……」

「妙玄が一人でここへ来ることは……」

「よくありますすよ。檀家がうるさくって、なかなか来られない時なんか、ことづけをよ

こしたり、お手当を届けてくれたり……」

「坊主の恰好か、それとも、医者に化けてくるのか、妙玄は……」

「あの人は体裁屋《ていさいや》だから、人の妾の家でも、坊主の恰好ではみっともないと思ってるんでしょう」

「この裏の紫香尼のことだが、光照とはどうなんだ」

「得度《とくど》させたのは、うちの人だってきいてますけど……」

「高聖寺の檀家の後家さんだったそうじゃないか」

本妙寺できいた、と東吾はいった。

「光照のお手はついてるんだろう」

「紫香尼さんの相手はうちの人じゃありませんよ」

「妙玄か」

東吾がずばりといって、仙五郎は仰天したが、

「よく家へ使いに来た帰りに、裏へ寄って行きますよ」

おつまは艶然と笑ってのけた。

その夜の中に、紫香尼と妙玄はお召捕になった。

「妙玄は寺の金を使い込んだのがばれて破門になりかけていた。恋女房の紫香尼と相談して光照を殺すことに決め、ただ殺したんじゃすぐに自分達に疑いがかかるから、幸庵と間違えたようにみせかけたんだ」

その手はじめが脅迫文で、

「たまたま、幸庵が新堀川のところで人とぶつかって川へ落ちそうになった。あれは偶然なんだが、幸庵が大袈裟にさわいだので、そいつをうまく利用したわけなんだ」

仙五郎からはじめて文をみせられた時、東吾が不審に思ったのは下手な字を書いているくせに筆が馴れている点であった。ひどい文体なのに漢字を使っている。

「ひょっとすると坊主じゃないかと思ったんだ」

早道場で、突きとばしたのは妙玄の仕業で、雨の中で光照を殺したのは紫香尼であった。

脇差は昼前に、妙玄が持ち出して紫香尼のところへ届けた。

「女は恋に狂うとなんでもするというが、むごいことをしやがる。なにも、およねを巻き添えにしなくても……」

およねに毒を盛って、そのどさくさにまぎれて庵室をぬけ出し、光照の来るのを待って抱きつくようにして急所を突いた。

「庵室には源さんがいたんだから、随分、危い綱渡りだが、それだけ妙玄と細かく打合せが出来ていたんだな」

危険は危険だが、うまく行けば、紫香尼にとっては、この上もない証人になる。

「源さんがどれほどおよねを大事にしているか、およねが危篤になれば、少々のことにも気づくまいと、そこまで智恵を働かしたんだが……」

大川端の「かわせみ」で、今夜の東吾は一つ、気分が冴《さ》えないし、聞き手もしんとしている。

「畝様は、御存じだったんですか」

るいが遠慮がちに訊き、東吾がうなずいた。

「あいつほどの男が、そうやすやすと欺されるものか」

事件の直後に、源三郎は紫香尼に疑惑を持ち、高聖寺へ仙五郎を走らせた。

「俺が通夜の席から仙五郎と出て行く時、源さんは、もう誰が下手人か、はっきりわかっていたんだよ」

本堂の廊下に立って、東吾と仙五郎を見送った時の源三郎の表情の悲しさを、東吾は思い出していた。美人の女の怖いのは、なんでも自分の思い通りになると思うことで、

「あいつ、又、女ぎらいにならなけりゃいいが……」

外は雨であった。

川のほうで蛙の啼《な》き声がしている。

梅雨は当分、上りそうもなかった。

秋色佃島《しゅうしょくつくだじま》

一

日本橋南、坂本町の東どなりに日吉山王《ひえさんのう》の御旅所《おたびしょ》と薬師堂がある。御旅所のほうは社地が四百五十坪、お薬師さんは堂地が三百二十坪と、このあたりではまあまあの広さだが、すぐ前に植木店がずらりと並んでいて、お薬師さんの縁日に当る八日と十二日には盆栽や庭木を商ってなかなかの賑いをみせている。

九月になって最初の縁日に、この薬師堂の境内にちょっと奇妙な饅頭《まんじゅう》屋が出て、参詣の人々を驚かせた。

饅頭屋と書いたが、そこで饅頭を売るわけではなく、

「手前共は神田竜閑町の御菓子所、三春屋と申します」

心願のことがあってお薬師さんに参詣をしていたところ、この度、願い事がかなった

ので、その御礼をかねて、参詣の人々に饅頭をくばるという口上に忽ち、わあっと人が集った。

くばられたのは紙にくるんだ紅白の饅頭が二個、どのくらいの用意があったのか知らないが、ほんの一刻足らずの中に一包もなくなって、噂をきいてかけつけて来た人々をがっかりさせた。

だが、その日、首尾よくただの饅頭を手にした善男善女は夕方から激しく腹が痛み出し、ひどい下痢になやまされた。

一夜の中に医者は患家を走り廻り、死者こそ出なかったが、運の悪い者は三日も床上げが出来ない始末で、この界隈は蜂の巣を突ついたようなさわぎになった。

事件は薬師堂の境内で起ったことだが、町方も捨ててはおけなくなって、饅頭をくばった神田竜閑町の三春屋を取調べてみると、主人の長兵衛をはじめ、番頭、手代までが狐につままれたような有様で、

「実を申しますと、八日に手前共が坂本町のお薬師さんで饅頭をくばったということを、わざわざ知らせてくれた人がありまして、なにかの間違いではないかと申して居りましたところ、その饅頭に当った人が出た、毒入り饅頭だと噂が聞えて参りまして、仰天して町名主の神谷甚八様へ御相談いたし、名主様ともども、お役人様へお届け申したところでございます」

という。つまり、薬師堂の縁日に饅頭をくばったのは、三春屋ではなく、

「第一、手前共は打菓子《うちがし》ばかりで、饅頭のような蒸し物は商って居りません」

これは、てっきり三春屋の名をかたった者の仕業に違いないと申し立てた。

「三春屋でないんなら、いったい、誰がこんな悪戯をしたんでしょう。よりによって八丁堀のお膝元で……」

忿懣《ふんまん》やる方ない声をあげているのは、大川端の旅宿「かわせみ」の女中頭のお吉で、その金切声も三日続いた腹下しのあとだからまことに力がない。

「お吉らしくもない、無闇矢鱈と知らない人から、ものをもらって食べるものじゃないくらい、子供だって知ってるのに……」

悪い病気でもない、命に別状もございませんと医者に太鼓判をおされて、ほっとしたあげくだから、るいも憎まれ口をきく余裕が出来て、

「そういえばお吉はむかしっから食いしん坊でしたよ」

お吉の見舞という口実で、「かわせみ」へやって来た神林東吾にいいつけた。

「別に食べたくって食べたわけじゃありませんよ。たまたま通りかかったら、願い事がかなったお祝のお饅頭だって下さるから、そりゃさぞかし縁起がいいだろう、頂いて帰って番頭さんにあげようと思って持って来たら、番頭さんが甘いものはいらないっていうから、捨てるのももったいないと思って……」

「二つとも食べたんだろう」

「二つきりじゃ、板前さんや洗い方さんに分けるのも気がひけたからですよ」

「あたしがいたのに……」

「お嬢さんには、見ず知らずの人からもらったものなんかあげられませんよ」

「とかなんとか……」

主従《しゅうじゅう》とはいっても、子供の頃からの気心の知れた仲で、るいもお吉も面白半分のいい合いをしている。

「八丁堀で源さんがいってたぞ。例の饅頭、お吉ももらったっていったら、これからは、うっかりかわせみで饅頭も食えませんとさ」

東吾がいい、

「人馬鹿にして、誰がただでもらったものなんか畝様にお出しするもんですか」

お吉はいよいよ真っ赤になって怒り出した。

「ところで、お吉は饅頭をくれた奴の顔をおぼえているか」

東吾は一向にお吉の立腹など意に介さず、

「源さんが、なにか気のついたことがあったら教えてくれといっていたぞ」

「顔なんぞ、おぼえているもんですか、なにしろ、大勢の人がどっと寄っちまって、てんでに手を出しているんですから、押し合い、へし合いって恰好で……」

「饅頭の包だけみていて、くばった奴の人相は知らないってのばっかりだそうだ、人間、食い物のことになると浅ましいな」

お吉もその一人か、といいたげな東吾の皮肉に、

「人相なんかおぼえていなくったって、年頃とか、男の声かぐらいはわかるんじゃありませんか」

るいが助け舟を出したが、お吉の記憶は曖昧《あいまい》で、

「くばった人は二、三人いたように思いますけど、男も女もいたようで……年頃まではとっても……」

流石《さすが》に小さくなった。

一度、八丁堀へ帰った東吾が出直して来たのは夜で、畝源三郎が一緒であった。

「病み上りのところをすみませんが、お吉さんに手のことをききたいので……」

だしぬけにいわれて、お吉が面くらった。

東吾が帰ったあとで、るいや嘉助からいいようにからかわれて、

「どうせ、私は肝腎のことはなんにもみていないとんまな女でございますよ」

とふてくされていたところだ。

「手って、なんです」

「饅頭をくばった手ですよ。お吉さんは或る人間の手から、その饅頭を受け取ったわけでしょう」

柔かい白い手だったか、それとも、ごつごつした骨ばった手か……。

「男の人の手でしたよ。指が長くて細くて、でも、しっかりしたいい手でした。如何にもお菓子を作る人らしい手だったように思いましたけど……」

「間違いはありませんね、節くれだった大きな手じゃなかったですか」

八丁堀の旦那にしては、誰に対しても丁寧な口のきき方をする源三郎がもう一度、くり返し、お吉は、はっきり首を振った。

「大きな手じゃありません、男の人にしたら、むしろ、小さい、優しい感じの手でした」

源三郎がうなずき、るいが傍から訊いた。

「手が、どうなさいましたの」

東吾が笑った。

「源さんらしい智恵だよ。饅頭をもらった連中は、ただの饅頭をもらうことに夢中で、くれた相手の顔なんぞ、ろくすっぽ、みちゃいない。しかしね、ものは手から手へ渡されたんだ。案外、おぼえているもんだぜ。食い物をもらった手ってのは……」

「今のところ、饅頭をくばったのは三人のようです」

岡っ引がきいて歩いたところによると、まず、男にしては小さく、指の長く細い手の持主、それから、正反対に大きく、節くれ立った浅黒い手、もう一つは、ふっくらしているが水仕事にやや荒れた女の手の三つに分れたと源三郎は話した。

「お吉さんのいうように、一人の男は菓子職人らしい手で、これと、如何にも下働きをしているような女の手というのは、菓子屋とつながりがある気がします。しかし、もう一人の男の手は、どういうことなんですかね」

三人の組み合せが、ちぐはぐだと源三郎はいった。

「なにも、饅頭をくばった人が、必ずしも、その饅頭を作った人とは限らないでしょう」

いいかけてるいが黙ったのは、饅頭に毒が入っていたことを思い出したからで、

「饅頭をどこかから買って来て、その中に毒を入れるというのは厄介ですね」

ちらりと東吾の顔をみる。

「やって出来ないことはあるまいが、源さんの調べだと、くばられた饅頭はあとから細工をしたようなものじゃなかったらしいよ」

お吉も、ここぞとうなずいた。

「そうですとも。ちゃんとしたお店で売ってるのと、ちっともかわらないお饅頭でした」

とすると、今のところ、毒入り饅頭は最初から毒物を入れて作った公算が強く、

「そうなると、くばった手の中に、菓子職人らしい手があったという証言が生きて来ます」

「三春屋は、どうなんだ。本当に無関係なのか」

東吾がいい、

「何人か、饅頭をもらった者に、三春屋の店の者の顔をみせましたが、少くとも、くばった人間は三春屋の者ではないようです」

だからといって、三春屋の嫌疑が晴れたわけではないが、

「わたしは、どうも、三春屋の者ではないと思います」

毒入り饅頭をくばるのに、わざわざ店の名を告げる馬鹿はいない。

「三春屋さんに怨みでもある人の仕業でしょうか」

それにしては、縁もゆかりもない人を巻き添えにしたのが解《げ》せないとるいはいう。

「八丁堀へのいやがらせだという声も出ているんだ」

東吾が眉をよせて、

「だから、源さんたちも犯人さがしに躍起になっている」

場所が場所であった。坂本町の薬師堂は、すぐ隣がすでに八丁堀の組屋敷で、奉行所の与力、同心はすべてこの界隈に屋敷をもらっている。

八丁堀といえば、奉行所に勤める者の代名詞として使われるほどの地区で、そこでの不祥事であった。

「八丁堀がこけにされた」

と息まく者も当然いるし、

「これは、ひょっとするとお上へのいやがらせ」

と受けとめている人々も少くない。

そのむかし、由比正雪の事件の時に、江戸中の水道、井戸に毒物を投じて人心攪乱《かくらん》に乗じてことを起こそうとしたなどという話が根強く伝えられていることもあり、それで

なくとも内外ともに不穏なこの頃の御時世では、八丁堀の神経がぴりぴりするのも無理からぬことであった。

「とにかく、こういう折ですから、お吉さんも迂濶に素性の知れないものをもらって口にするようなことは、以後、充分、気をつけたほうがいいですよ」

帰りしなに、源三郎が釘をさし、お吉は再度、しゅんとなった。

二

毒饅頭事件は、死人が一人も出なかったにもかかわらず、それが八丁堀のお膝元で行われたということで、かなりきびしい探索が続けられたが、手がかりはまるでつかめないままに日が過ぎた。

「もしも、饅頭をくばった連中が首謀者なら、白昼堂々面もかくさず、よくよく度胸がいいか無鉄砲な奴らだぜ」

秋日和というに似つかわしい上天気の中を連れ立って歩きながら、東吾が源三郎に声をかけたのは柳原の通りで、堤には刈り残されたすすきが枯れたなりに、神田川からの風に吹かれている。

筋違橋《すじかいばし》から和泉橋にかけては、以前は武家屋敷だったのだが、取り払われて、その後に出来た多くは床店《ゆかみせ》で、夕方になると店を閉めて帰ってしまうから、夜はひどく寂しくなる。

もっとも、暗くて寂しげなのをいいことに夜鷹の稼ぎ場所でもあって、それをめあてにやってくる男達も少くはない。

が、今はまだ陽が高かった。

店には人もいるし、通行人もないわけではない。

それにしても決して賑やかな通りではなかった。

殊に堤の中頃にある清水山という小さな岡のあたりは鬱蒼と丈の高い草が生い茂っていて狐狸でも棲んで居そうな気配があった。

毎年、夏になると必ず、一つや二つの妖怪話が夕涼みの話の種になるのが、このあたりである。

筋違橋に近い自身番で待っていた、このあたりの岡っ引で、柳原の金六というのを案内に、竜閑町の三春屋へ行ってみると、大戸を下し、商売も休んでいる。

「なにしろ、一件以来、客がぷっつり来なくなっちまいまして、主人は何度もお上のお取調べを受ける、おかみさんは患いつくで、とても店なんぞ開けられたものじゃありません」

かわいそうなのは、まだ幼い子供達で、

「浅草のおかみさんの実家へひきとられて行って居ります」

金六というのは、若い時分に素人の草相撲で関脇まで行ったのを自慢にするだけに、でっぷりした大柄の男で、容貌のほうも仁王の金六とあだなのあるくらいだが、気はや

さしい性質らしくしきりに三春屋を気の毒がっている。

「旦那の前ですが、とてもあんな大それたことをやらかすような夫婦じゃござんせん。どっちも人づき合いのいい、実直な人柄で、町内の評判もいいんです」

「それじゃ、人に怨まれるってこともないだろうな」

東吾が水をむけると、金六は待っていたように大きく顎をひいた。

「まず、当人は勿論、町内の誰に聞いたって心当りはねえでしょう。第一、そう派手な家でもありませんし」

「地味だからといって安心は出来ねえぜ。大体が大泥棒を捕えてみりゃ、目立たねえ当り前の男だったってのが多いんだ」

金六とへらず口を叩きながら、三春屋の周囲を一巡した。

店はさして大きくもないが、古い、しっかりした店がまえである。

「奉公人は何人いるんだ」

「十人近くも居りましたでしょうか。大方は宿許へ戻されたり、中には暇をとった者もあるようで……」

「当世、人情、紙の如しだな」

容疑をかけられただけで客足は途絶え、奉公人は去って行く。

「お上も気をつけなけりゃいけねえやな、無実とわかって、ご苦労であったですまされたんじゃ当人は泣いても泣き切れねえぜ」

東吾がお奉行様になったような口をきき、源三郎が苦笑した。

「別に三春屋の主人を召捕ったわけではありません。ただ、呼んで話をきいただけですが、世間の口というのは非情といいますか……」

早い話が、ちょいと番屋へ呼ばれただけでも犯人扱いをしてしまう。

「まあ、三春屋に年頃の娘なんぞがいなくってようございました。縁談なんぞがあったひには、間違いなくこわれてます」

金六が嘆息をつき、男二人は憂鬱な顔で神田をひきあげた。

帰りに寄ったのは坂本町の薬師堂で、ここでも堂守が青菜に塩の体たらくであった。

「なにしろ、お上からは、素性も知れない者に境内でほどこしをさせたとお叱りを受けましたし……いえ、別に知ってて饅頭くばりをさせたわけじゃございません。むこうがことわりなしにやったことで……そりゃまあ誰かが饅頭をくばっているとはききましたが、あの日は縁日で参詣人は多いし、御堂を留守にしてとび出して行くわけにも参りません。よもや、あんなひどいことになろうとは夢にも思いませんでしたし……」

きいていると、際限のない堂守の愚痴をもて余して東吾が訊ねた。

「三春屋はここへ信心に来たことがあるのか」

「いいえ、ございません。今の御主人が参詣にみえたことはない筈で……」

少くとも、御堂へ上って祈禱を頼んだり、御布施をおいていったことはないと断言した。

「そういう時は、必ず、帳面につけて居ります」

あの日、境内で饅頭をくばった者の人相については、もう何度も町方の調べを受けたが、

「手前は御堂の中に居りました。饅頭をもらいに行ったわけではありませんし、顔なぞみても居りません」

手がかりらしいものは、ここでも、やはりつかめなかった。

東吾が屋敷へ戻ってくると、ちょうど、兄の通之進が奉行所から戻ったところで、居間には、もう灯が入っている。

「神田まで行ったそうだが、なにか新しい手がかりがあったのか」

次男坊の気らくな立場から、東吾が畝源三郎の手伝いをしているのは承知の兄の前だから、東吾はありのままに今日みて来たことを話した。

数度の取調べを受けただけで、三春屋が開店休業を余儀なくされていることを話すと、通之進の表情が翳《かげ》った。

「仮にも毒饅頭をくばる者が、手前は三春屋だと名乗るでしょうか」

通之進が血の気の多そうな弟を眺めた。

「裏の裏ということもあるのではないか」

まさか犯人が本当の名を名乗るわけではないというのが、逆にかくれ蓑になる。

「又、三春屋が誰かに利用されたということもあろう」

「誰かとは、誰ですか」

「奉行所の中には、近頃、不穏の勤皇浪士の仕業という者も居る」

「仮にも勤皇浪士を自称する者が、あんな子供だましなことをするでしょうか」

「毒饅頭の一件は、次になにかしでかす予告といえぬか」

運ばれて来た膳をみながら、通之進がいった。

「必ずしも勤皇浪士に限るまい。或る者がなにかを企てる。そのきっかけ作りとして薬師堂の件を考えてみることは出来まいか」

部屋の中に、沈黙が流れた。給仕にひかえている香苗もひっそりと口を開かない。

「すると、間もなく、なにかが起るということでしょうか」

東吾が顔を上げた時、通之進がゆっくり箸をとり上げた。

膳の上には、しめじやら山薯やら、兄の好物が並んでいる。

「方月館へは、いつ参る」

思い出したように兄が訊き、弟は慌てて返事をした。

「来月のなかばからです」

「今度、行ったら忘れずに栗をもらって来い。銀杏《ぎんなん》もよい。昨年、お前が方斎先生に頂戴してきた松茸もまことに旨かった」

香苗が下を向いて忍び笑いをし、東吾は聞えない顔で吸い物椀を手にとった。

三

その男が「かわせみ」へやって来たのは午下りであった。

みたところ、三十五、六、眼鼻立ちの優しい、実直なお店者という感じで、体つきは華奢《きゃしゃ》だがすらりとした上背がある。

最初は客かと思った。手甲脚絆《てっこうきゃはん》に笠を持っている。

当人も商用で江戸へ来たといった。

で、嘉助が萩の間へ通し、宿帳を持って行くと、

「実は、手前は神田三春屋の手代で伊之助と申します」

と名乗った。

「こちらさまのどなたかが、薬師堂の饅頭でとんだ御災難にお遭いなすったときいて参りました。まことに申しわけがございません。遅ればせながら、おわびを申し上げたく、ついては、こちらの御主人様にお目にかかりとう存じます」

嘉助は少々考えて、ともかくもるいにそのことを伝え、るいと一緒に萩の間へ戻った。

三春屋の手代は、手土産だといって、白絹一疋を包にしたものを差し出して、丁重に詫びを述べた。

「ちょっと待って下さいな。そうすると、あのお饅頭はやっぱり、三春屋さんがおくばりになったものなんですか」

あっけにとられてるいが訊くと、手代は更に腰を低くした。

「いえ、左様ではございません。手前共は無実でございます。誰かが、手前共の店の名を騙《かた》ったもので……」

「だったら、なにも三春屋さんが詫びにいらっしゃることはないじゃありませんか」

「いえ、ですが、騙られたとはいえ、手前共の店の名の出たことでございます。主人は大層な律義者で、誰がそのような悪戯をしたのかは、いずれ、お上が黒白をおつけ下さるにしろ、せめて、三春屋の暖簾にかけても、御災難にお遭いになった方々のところへお詫びに行ってくるよう……お客様は三春屋の饅頭ということで安心して召上ったに違いない、それだけでもお詫び申さねばと、それで手前が、こうしてうかがいましたのでございます」

伊之助の声は低かったが、今にも涙のこぼれそうなその口ぶりに、まず、るいがほろりとなった。

「それはまあ、御丁寧なことで……御迷惑をお受けになった本家本元は三春屋さんですのに……」

だんだんにきいてみると、三春屋の女房は事件の心労で体をこわし、今は浅草の実家へ戻っているし、伊之助も葛西の知り合いのところへ当座、身をよせているという。

「それで、こんな大仰な旅仕度をして参りました」

もっとも、饅頭をもらった者の家を一軒一軒歩いて詫びるのだから、厳重な足ごしら

えでもしていないと廻り切れるものではなく、

「本日はこちらさまが最後でございます」

るいはお吉を呼んで、伊之助に会わせようとしたのだが、呼びに行った嘉助が戻って来て、

「おかしいんですよ。つい、さっき、なんにもいわないで出て行ったきり、まだ、帰って来ないそうで……」

大方、お吉のことだから、どこかの店でお喋りでもしているのだろうと、苦い顔で告げた。

「それでは申しわけございませんが、手前は葛西まで帰らねばなりませんし、その前に浅草へ寄って、おかみさんの様子をみて参りたいと存じますので……」

そそくさと腰を上げた伊之助が、ふと思いついたという顔で、

「まことに厚かましいお願いでございますが、こちらのお人柄におすがり申して、お頼み致します。手前共のおかみさんにお会い頂けませんでしょうか」

三春屋の名前を騙った事件を気に病んで、夜も眠れず、食もすすまない三春屋の女房に、せめて一言なりと慰めやら、はげましの言葉がもらえたら、

「病は気からと申します。おかみさんが元気になってくれませんことには、まだ小さい子供衆が、あんまり可哀想で……」

口ごもりながら訴えた伊之助の言葉に、るいが強く動かされたのは、二、三日前にや

って来た東吾の口から、神田の三春屋の実情をきいて少からず同情していたためでもあった。

それに、東吾からきいた話と、三春屋の手代の話は寸分、たがわない。

今から行けば、暮れるまでには充分、大川端へ戻って来られると思い、るいは、ついその気になった。着がえはせず、羽織だけをひっかけて、見舞に少々の金を用意し、伊之助と一緒に店を出た。

「手前がお供を致しましょう」

出がけに、嘉助がそういったのは、長年、八丁堀の飯を食って来た者の勘だったが、その嘉助ですら、伊之助の態度にこれといった不審は持てなかった。だから、

「番頭さんは店にいて下さい。お吉も留守だし、若い人ばかりじゃ、なにかあったらとりかえしがつかないもの」

るいにいわれると、

「それじゃお気をつけなすって下さいまし」

心のどこかにある不安を押しやるような気持で見送った。

外へ出ると、伊之助の足は早くなった。

浅草までは舟で行くといい、その舟はすぐ近くの三の橋のところに待たせてある様子である。

「お帰りも、間違いなく大川端までお送り申しますので……」

るいの好意に何度も頭を下げて大川端を南へ行くと亀島川から分れて大川へ流れ込んでいる新川の三の橋がある。

橋の袂で、るいはなんとなく亀島川の方角を眺めた。新川が亀島川とぶつかっている向う側はもう八丁堀で組屋敷が遠くみえている。

今時分、東吾は八丁堀の道場で若い連中を相手に汗を流しているか、それとも、畝源三郎とどこぞへ出かけているのだろうか。

そんなるいの思いを断ち切ったのは、漕ぎよせてきた舟の水音であった。

舟は大川をよく上り下りしている猪牙《ちょき》ではなかった。小さいが漁師の舟のようである。漕いでいるのは、頬かむりをした大男で、

「むさくるしい舟でございますが、どうぞ」

伊之助が手をとるようにして、るいを舟に乗せる間、顔をそむけて突っ立っている。

舟はすぐに大川へ出た。

何気なく川からの景色を眺めていたるいがはっとしたのは、浅草へ向うならば大川を上《かみ》へ上らねばならない舟が、流れにのって下りはじめたせいである。

右に稲荷橋がみえ、鉄砲洲稲荷の森が続いている。

「もし、どこへ行くんです」

るいの問いは最後まで声にならなかった。

背後にすわっていた伊之助の手から細紐が蛇のようにるいの首にからみついて、るい

は大川の上の秋の空を眼にしてのけぞり、すぐに意識が遠くなった。

お吉が、「かわせみ」へ戻ってきたのは、るいが出かけてから更に小半刻もした後で、

「畝様も人を馬鹿にしているじゃありませんか、呼び出しておいて、いつまで待ってもお帰りにならないなんて……」

今頃までどこをうろついていたんだ、という嘉助の叱言《こごと》の前に早口でまくし立てた。

「畝の旦那からお使が来て、こないだの件で、至急ききたいことがあるから八丁堀まで来てくれっていうから、なにはさておいてお屋敷へかけつけたんですよ。そしたら、若党の伝八さんがいて、旦那はお留守だっていうじゃないの。仕方がないから上へあげてもらって、お座敷をみたら、まあ、男ばっかりの所帯って仕様がないったらありゃしない。掃除は行き届いてないし、ものは散らかってるし、ついでだから掃除をして、台所で晩の御膳の仕度をして、それでも、まだお帰りじゃないから、宿屋稼業は夕方からいそがしいんだし、誰にもいわずに出て来ちまったことも思い出したんで、ちょいとうちへ帰って来ますって、伝八さんにことわって戻らしてもらったんです」

本当にお薬師さんの饅頭なんぞもらったばっかりにと、お吉は文句をいいながら、台所へかけ込んで、嘉助も別に、この時はおかしいと気がつかなかった。

夕暮がやがて夜になった。

秋の陽は釣瓶《つるべ》落しというだけあって、暗くなるのが一日一日早くなっている。

畝源三郎が「かわせみ」へやって来たのは暮六ツ（午後六時）をだいぶ過ぎてからで、

「お吉さんが、わたしに用があるそうだが」

帳場の嘉助に声をかけているところへお吉がとんで来て、

「冗談も休み休みにおっしゃって下さいよ。旦那がお使を下すったんじゃありませんか」

「使というと……」

「若い子ですよ、十五、六の……」

「そんな使を出したおぼえはないが……」

「だって、あたしにききたいことがあるから、すぐお屋敷に来るように……」

「何刻頃です」

「八ツ（午後二時）よりちょっと前でしたよ」

源三郎の表情が、この男にしては珍しいほど険しくなった。

「おるいさんの姿がみえないが……」

嘉助が手短かに、るいが出かけたわけを話している中に、源三郎が叫んだ。

「待ってくれ。神田の三春屋に伊之助などという手代はいない」

「かわせみ」は、はじめて騒然となった。

その頃、東吾は屋敷にいた。

屋敷には珍しい客が狸穴《まみあな》から来ていた。おとせと、その息子の正吉である。

たまたま、狸穴の方月館に出入りをしている植木屋で多平というのが霊岸島銀町に嫁

いでいる娘のところへ用事のあるついでに、おとせが方斎の使で、八丁堀の神林家へ枝豆や里芋などを届けにやって来たもので、途中までが馬、それから先は多平のところの若い者が大八車を押して午すぎには霊岸島へたどりついた。

で、おとせはとりあえず、多平の娘の家で身じまいを直し遅い飯をすませてから、若い衆に送ってもらって神林家へやって来たものだ。

東吾はちょうど八丁堀の道場から戻って来たところで、

「遠いところをすまなかった。兄上の好物ばかり、よく届けてくれた」

と手放しの喜びようで、おとせと正吉を兄嫁の香苗にひき合せ、香苗も気さくにこの遠来の客をもてなした。

夕方には通之進も帰ってきて、おとせと正吉に会い、今夜は多平の娘のところへ泊めてもらうというおとせに、

「それはいかぬ。日頃、東吾が御厄介をおかけしている方斎先生のお使であれば、今宵は当家に泊って、くつろいでもらうがよい。そのほうが、東吾も安心であろう」

と優しい心遣いをみせた。

銀町の多平の娘の家には使が出され、おとせは夢のような気持で、狸穴の近頃の話を正吉に訊いている東吾の声を聞いていた。

畝源三郎が、神林家へかけ込んで来たのはそんな時で、

「おるいさんが、かどわかされたようです」

日頃、沈着な男が顔色を変えている。

るいが誘拐された一部始終を傍で聞いていたおとせが思わずといった恰好で口をはさんだ。

「私、おるいさまをおみかけして居ります」

霊岸島銀町の多平の娘の家で一休みして、八丁堀の神林家へ行こうと新川の傍の道へ出た。

「多平さんの娘さんの嫁いだ家は、二の橋の近くでございます。ちょうど、川のむこうの三の橋の方角を、おるいさまが歩いておいでになって、舟に乗ってどこかへ行かれるのをみたのでございます」

声をかけようと思ったが、るいには連れがあったし、急いでいるふうでもあった。

「かわせみには、改めて御挨拶にうかがうつもりで居りましたので……」

舟が大川へ出て行くのを見送ったのだったが、るいが伊之助という男に連れ出された時刻とも一致する。

「舟には男が二人、一人は舟を漕いで居りました。どちらも背が高く……舟は猪牙ではございません」

ちょっと首をかしげるようにして、

「あれは、たしか魚を商いに来る漁師の舟のように思いましたが……」

「おとせ、かたじけない。よくみてくれた」

漁師の舟というのは、なによりの手がかりになると東吾も源三郎も考えた。

白昼のことである。三の橋から漕ぎ出したその舟を目撃した者が必ずあるに違いない。

「義姉上《あねうえ》、おとせをお願いします」

男二人がとび出して行ったあとで、香苗はおとせから事情をきき、すぐに通之進の居間へ走って行った。

四

長い間、気を失っていたように思い、るいはそっと体を動かしてあたりを見廻した。闇に近い暗さである。下は地であった。魚の腐ったような匂いがする。耳をすますと波の音がしていた。どこか、浜の近くの小屋の中なのだろうかと、るいは判断した。両手両足を縛られてはいるが、猿轡《さるぐつわ》はされていない。ということは、ちっとやそっと大声を出しても、誰も気がつかない場所に違いなかった。

意識がはっきりしてくるにつれて、咽喉《のど》が痛んだ。俄かに、小舟の上で、咽喉を締められたときの恐怖が甦ってきて、るいは叫び出したくなった。辛うじて自分を落ちつかせたのは、武士の娘だった頃のたしなみのせいである。

伊之助というのは何者で、なんのために自分をこんな目に合せたのか見当もつかない。

外は月夜のようであった。

小屋の板戸のすきまから、僅かな光がさし込んでいる。といっても、あたりのものが

みえるほどの明るさではなかった。

るいは体を反転させてみた。両手両足を細かく動かして縄をゆるめられないものかと試みもした。が、すべてが徒労であった。体は痛み、疲労が増すだけである。

諦めて虫のようにじっとしていると、やがて足音が聞えた。この小屋の前で止り、板戸を開けている。

提灯の灯が、るいの眼に入った。伊之助は丁寧に板戸を閉め、ちょっとるいを見下すようにしてから、すぐ近くまで来て、用心深く提灯を下においた。

「おるいさんというんだってな」

低い声であった。声の底にひんやりしたものがある。

「八丁堀の旦那の娘さんがなんだって宿屋稼業なんぞしているんだ」

るいは黙って相手をにらみつけた。

「お前のお父つぁんは、庄司って旦那だろう」

「庄司の娘ならどうだっていうんです」

持ち前の勝気がむらむらと頭をもたげて来て、るいは痛む咽喉で叫んだ。

「お前は誰ですか……なんのために……」

「俺は三春屋の手代の伊之助だ」

「嘘……」

「嘘じゃねえ。ただし、俺の奉公していた三春屋はもう潰れちまった。今の三春屋とは

縁もゆかりもねえ」

伊之助が、るいの横たわっている体のすぐ近くにすわり、るいは身をもがいて男から離れようとした。

「その頃の三春屋は、いってみりゃ極楽みてえなものだった。旦那もおかみさんも気持のあったけえいい人たちで、一人娘のお嬢さんは、気だてのいい、かわいい娘だった……」

伊之助の眼が、異様に熱っぽくなっているのにるいは気づいた。るいに話しているというより、思い出を思い出しているような口ぶりでもある。

「あんなことがなかったら、俺はお嬢さんと夫婦になって、今頃はかわいい子供の二、三人もこの腕に抱いていたかも知れねえ。世の中なんてのは一寸先が闇と、よくいったものだなあ」

男の眼の中に、急に狂気が浮んだ。いきなり、るいの体の上にのしかかると両手でるいの咽喉を摑んだ。

「もう一ぺん、首を締めてやる。殺しゃしねえ、半死半生のところで、お前さんを汚してやるのさ」

るいは全身で抵抗しながら叫んだ。

「何故、なぜ、あたしを……」

「お嬢さんが、そうされたんだ。柳原の土手に、呼び出されて……月夜の晩に……むご

たらしく……」

「誰が、そんなことを……」

「近所のどら息子さ」

わからない、と切れ切れな思考の中でるいはうめいた。

三春屋の娘が近所の息子に手ごめにされたことと、なぜ、自分がかかわり合わねばならないのか。

伊之助の顔がるいの顔の上にあった。眼が無気味に輝き、唇から熱い息を吐いている。

「仕返しをしてやるんだ……仕返し……」

男の指に力が入り、るいは絶望した。こんな男に凌辱される前に、舌を嚙んで死なねばならなかった。それがるいの東吾への愛の証しであった。

東吾の笑顔が瞼《まぶた》の中に広がり、の眼から涙があふれた。

男の手がぶるぶる慄えながら、るい
夢中で身をよじると、伊之助が体を折りまげるようにして激しく咳き込んでいるのがみえた。提灯の光が伊之助の口許から流れる血を照らしている。

続いて、ぐええというような、文字通り肺腑をえぐるような声と共に、男の体は重心を失って、るいの横にうつ伏せになった。

血の匂いが、あたりにむっと立ちこめる。

「兄さん……」

忍びやかな、しかし、慌《あわただ》しい女の声が近づいて来た。

「兄さん……どこにいるんですか、兄さん返事をして……兄さん……」

「かわせみ」の嘉助もお吉も死にもの狂いの形相であった。

八丁堀からは、神林通之進の指図で畝源三郎へ応援がくり出され、大川沿いに聞き込みがはじまっていた。

新川の三の橋からるいをのせて漕ぎ出された漁師の舟への目撃者をたずね廻っている。

その最中に、東吾が思い出した。るいの誘拐が、薬師堂の毒饅頭に端を発しているのは明らかである。

「源さん、薬師堂の堂守がいったじゃないか。三春屋の今の主人が参詣に来たことはない……ということは、前の主人がいたんじゃないのか」

さわぎを聞いてかけつけて来ていた金六が打てば響くように応じた。

「三春屋は八年ほど前に代がわりしたんです。その前の三春屋は悪いこと続きで、店を売って在所へひっこんじまって……」

「悪いこととはなんだ……」

「娘が手ごめにされたんで……近所の金持の息子でどうしようもねえのが居まして、まあ病気のようなものだってききましたが、女を襲って手ごめにするのが道楽みてえな奴だったんです。三春屋の娘も、そいつにやられまして……たしか、おくみさんといいま

した」

加害者が金持の息子なので、何人が被害にあっても、金を遣って内々に収めてしまう。そのために犯行はひっきりなしだった。

「とうとう、定廻りの旦那のお耳に入って、ことが全部、明るみに出まして、そいつはお召捕りになりました」

ああっと嘉助が悲鳴に似た声をあげた。

「旦那でございます。そのお調べをなすったのは、なくなられた庄司の旦那様で……」

何故、今まで思い出しもしなかったのか。

「そういう事件があったことは忘れちゃ居りません。けれども、どこの娘さんがどんなめにあったのかは、旦那様が手前共にもお洩らしになりませんでしたから……」

若い女の将来を思っての配慮であった。

「三春屋の娘は、どうした……」

と東吾。

「首をくって死んだ筈で……お上がどんなにおかばい下すっても、手ごめにされた者の名はあっという間に世間が知っちまいます。おくみさんは思いつめたんでしょう」

一人娘に死なれて、旦那が気落ちしたように患いつき、一年と経たない中にあの世へ旅立った。

「おかみさんは店を売って、葛西のほうへひっ込んじまったんです」

「その三春屋に伊之助という手代はいなかったのか……」

「名前はおぼえていませんが、おくみさんの養子にするって話のあった手代が……」

「そいつの身許だ……そいつの家族をきいてくれ」

金六が宙を蹴り、やがて大川端に喚声が上った。

「奴の生まれは佃島です。妹夫婦が佃で漁師をしているそうで……」

夜の中を舟が出た。

大川端と佃島は大川をはさんで目と鼻の先だ。

東吾、源三郎を先頭に嘉助、お吉、金六が血相を変えてかけつけた佃島の漁師、鉄五郎の家では、るいが伊之助の妹のおいその手厚い看護を受けていた。

そして奥の部屋には、すでに絶命した伊之助が北枕に寝かされている。

五

「冗談じゃありませんよ。おくみさんって人が死んだのは、その、なんとかって金持のどら息子のせいじゃありませんか。それをお取調べなすったうちの旦那様のせいにして、お嬢さんに仇を返すなんて、逆怨みもいいところです」

一件落着した「かわせみ」の午下り、お吉は、もう何回も繰り返した忿懣《ふんまん》を又、ぶちまけたが、るいの寂しい表情は変らなかった。

佃島の夜明けの波の音の聞える小さな家で、泣きながらるいに訴えた、伊之助の妹の

おいその声がまだ耳の中にこびりついている。

「兄さんが悪いのは知っています。でも、兄さんの口惜しさ、悲しさをどうぞわかってやって下さい」

理不尽な暴力にあって犯されたおくみを、伊之助は慰め、力づけた。夫婦になる気持に変りはないと誓いもした。しかし、若い娘の傷ついた心は二度と戻らなかった。

「おくみさんが首をくくってしまって……兄さんは魂が抜けたようになりました。でも、あきらめていたんです。長いこと、あきらめよう、忘れようと思っていたのが、急にさかさまになったのは、兄さんが病気にかかって、それも治るあてのない病気だってことを知ったからなんです」

もともと体が弱く、とても漁師には向かないとわかって、親が商家へ奉公に出した伊之助であった。

恋人の死と主家の離散が、伊之助を打ちのめし、苦しみを忘れるための荒れた生活が、発病のきっかけになった。未来に夢のなくなった人間の体を病魔は容易に冒した。

「最初に血を吐いた時、兄さんは思いつめた顔で、あたしにいいました。お上に怨みをはらすって……」

女を犯すのが病みつきになってしまった一人の男を野放しにしておくことは出来ないと判断した奉行所の役人は、人々の平安のために事件を表沙汰にして犯人を処罰した。取調べに当ったるいの亡父は、被害者の名を最後まで伏せた。それでも、犯人が挙が

れば、当然、被害者の名も人の口の端にのぼる。

当事者がどんなに口を閉ざしても、奇妙なことに、そういう噂はすみやかに流れるものであった。

伊之助の気持の中に、もし、事件が内々に済んで、世間へ知れなければ、おくみが自殺にまで追いつめられることはなかったのではないかという思いが残ったのは致し方のない結果であった。

「あたし、兄さんに何度もいいました。お上を怨んでも仕方がないって……」

おいその亭主で漁師をしている鉄五郎も女房と一緒に義兄をなだめたが、死期を悟って自暴自棄になっている男が耳を貸す筈がない。

「それに、あたし達、兄さんが可哀想でならなかったんです。もしも、おくみさんと夫婦になって三春屋を継いでいたら、病気になることもなかったでしょうに……」

あの世へ行って、おくみに一言、お前の怨みははらして来たといってやりたいという伊之助の怨念に妹夫婦は返す言葉がなくなった。

「でも、毒饅頭の話を打ちあけられた時は、ぞっとして……結局、兄さんが餡に入れようとしていた石見銀山《いわみぎんざん》のねずみとりの薬を、うちの人が、虫下しの薬と取り替えました」

伊之助のもくろみは、八丁堀の隣の薬師堂で饅頭をくばれば、必ず八丁堀の者が被害に遭うと考えていたのだが、いざ、ふたをあけてみると武士の家の者はただの饅頭をも

らいに来るわけがなく、被害にあったのは町屋の者ばかりであった。

「それでも、兄さんは根気よく、あの辺をきいて廻って、一人でも八丁堀のお方が饅頭を食べていないかと……」

伊之助の執念はとんでもないところで実を結んだ。

元八丁堀の同心の娘がやっている「かわせみ」の女中が饅頭に当っていた。しかも、その女主人は、かつておくみの事件を取調べた役人の娘であったのだ。

「それからの兄さんは、もう、なにかにとりつかれたようになって、私達がなにをいっても相手にしてくれません。私達は兄さんの手伝いをするようにみせかけながら、兄さんにこれ以上の罪を犯させないことで一杯でしたんです」

妄執の鬼となったまま、あの世へ旅立った伊之助の亡骸《なきがら》の前で、おいそは声をふりしぼって泣いた。

その泣き声と、伊之助の蒼ざめて、ものいわなくなった死顔が、今も、るいの瞼に焼きついている。

「お上のお仕事ってむずかしいものなんですねえ」

ぽつんと呟いたるいに、嘉助が決然といった。

「なくなった旦那様のおやりなさいましたことは、決して間違っては居りません。旦那様があのようになさらなかったら、まだ、何人ものおくみさんが出ましたことでしょう。旦那様のなすったことは正しゅうございます。それは、お傍にいた手前が命にかけて申

し上げます」

「いいんだ。嘉助……」

手酌で飲んでいた東吾が穏やかに制した。

「るいだって、そのくらいのことはわかっている。理屈でわかっていたって、一ぺん、痛めつけられた気持は、そうすぐには元へ戻らねえんだ。あとは、俺にまかせておいてくれ」

東吾の手がるいの肩をひきよせたので、嘉助もお吉も慌てて居間を逃げ出して行く。

「人のことはさておいてだよ」

うつむいているるいの顔をのぞき込むようにして東吾が続けた。

「るいは、伊之助って奴におもちゃにされそうになった時、いざとなったら舌を嚙み切って死ぬつもりだったといったろう。あれを聞いた時、俺がどう思ったと思う……」

るいの首が折れそうにまがったままでゆらゆらと左右に揺れた。

「俺は、どんなことがあっても、るいに死なれてたまるものかと思ったんだ。るいが死んだら、俺はどうなる……」

ふっとるいの眼に力がついた。

「どうもなりゃしませんでしょう。あっちこっちに、ちゃんといい人がいらっしゃるんですから……」

「俺にはるいが一人だよ」

「嘘ばっかり……」

「天地神明に誓ってもいいぜ」

まだ痛々しく布を巻いているるいの首筋をみつめて、東吾は真顔になった。

「なにがあったって、そいつを乗り越えて生きるのが夫婦ってものだ。死ぬより苦しくたって、夫婦なら、そうなけりゃならねえ」

「まるで、あたしがどうかされたみたい……」

「おくみって女がもうちっと強けりゃよかった。女は強くなけりゃいけねえんだ」

漸くるいが微笑した。

「東吾様が、るいがどんなにやきもちを焼いても嫌いにならないって約束して下さったら、るいは強い女になりますわ」

「おっかねえな」

男の手が抱きよせると、るいは眼を閉じてすがりついて来た。

秋の陽は障子に明るかったが、二人だけの世界を邪魔するものはなにもない。

どこかで百舌《もず》が鳴いた。

三《みっ》つ橋渡《はしわた》った

一

神田駿河《するが》台《だい》、小川町といえば武家屋敷ばかりの一角に、ちょうど田安御門外の北から、東の俎板橋《まないたばし》まで細長く町屋になっているのが元飯田町であった。

家康公入国の頃には民家十七軒というのが嘘のように、老舗《しにせ》が軒を並べ、なかなかの繁昌ぶりをみせているが、その中の一軒、煙草問屋、伊勢屋藤四郎の店の前に、或る夕方捨て子があった。

釣瓶《つるべ》落しの陽が沈んで間もなくの頃、主人の藤四郎は宵から近所の寄合に出かける仕度で奥に入り、番頭の吉兵衛が手代と帳合せをしている最中に、表で赤ん坊の泣き声がして、出てみた小僧の亀吉が、天水桶のかげに綿入れの半纏にくるんで置き去りにされている赤児をみつけて知らせに来た。

最初は捨て子とは思わず、近くの子守っ子が、遊びに夢中になって、つい、ちょっと置いて行ったのではないかと、とりあえず、抱いて、店の中へ入れ、小僧や手代が町内を走り廻って訊いてみたが、やがて、どうやら捨て子らしいということになった。

赤ん坊はみたところ生後七ヵ月くらい。よく肥った愛らしい女の子で、伊勢屋のお内儀が、すぐ三軒ばかり先の吉野鮨の店の女中が先々月、子供を産んだばかりなのを思い出して、貰い乳に連れて行くと、いい具合によく吸って、腹がくちくなると、すやすやとねむってしまった。

その間に、番頭が名主のところへ知らせ旁々《かたがた》、相談に行ったが、我が子が憎くて捨てる親はなし、おそらく思い余っての出来心だろうから、ひょっとすると一夜あけて、後悔して、連れ戻しにくるかも知れない、袖ふり合うも他生の縁というから、暫く、様子をみてはどうかと入れ智恵されて、伊勢屋夫婦も信心深い、温厚な人柄なので、ともかくも、その夜は赤ん坊をあずかることにした。

どちらかというと、手のかからない子で、更《ふ》けてから、重湯を小茶碗に一杯食べさせてもらうと、朝までむずかることもなかった。

着ているものも、小ざっぱりしていて、下着も洗いざらしだが、垢じみたところはない。

「どんなお人が、どんなわけで、こんなかわいい子を捨てたやら……」

十三歳を頭に、四人の子持ちの伊勢屋夫婦は他人事でない気持で、女中部屋で一夜を

あかした赤ん坊を眺めているのと、朝、伊勢屋が店をあけるのを待ちかねたように、一人の男が入って来た。

中肉中背の物腰の柔かな優男《やさおとこ》で、年齢はまだ二十七、八、堅気の職人かなんぞのような身なりである。

「申しわけございませんが……昨夜こちら様の前に赤ん坊が……」

といいかけるのを、

「それじゃ、あんたが捨て子の親か」

番頭と手代が男を取り巻くようにして、小僧が奥へ御注進にかけ込んで、

「まあなんだね、店先で、大人げない」

主人の藤四郎が、店の者をたしなめて、蒼白になっている男を、自身で奥へ案内した。

女中が赤ん坊を抱いてくると、男は、

「お千代……」

と呼びざま、子供を抱いて男泣きに泣いている。

主人夫婦が胸を撫《な》で下したのは、様子をみただけで、子供の父親に違いないと知れたからで、やがて、男をなだめ、赤ん坊は女中に貰い乳に行かせて、改めて事情を訊ねた。

「とんだ御迷惑をおかけして、なんとお詫びを申してよいかわかりません。手前は正之助と申しまして、仕立職をして居ります」

しっかりした言葉使いで、男は何度も頭を下げ、問われるままに、身の上を語った。

女房が死んで、ちょうど四十九日が昨日だったという。

産後の肥立がどうもよくなくて、ずっと医者に通っていたが、赤児に飲ませる乳も出なくなって、そのまま、蠟燭の火が消えるように、あっけなく逝《い》ってしまった時、赤ん坊は生まれて百五十日目だった。

「ご近所の方がよくして下さいましたので、野辺の送りがすんでからも、ただ夢中で、あの子を育てて来ましたが、日が経つにつれて、だんだん、やり切れなくなりまして……」

お恥かしいが、恋女房だった、と正之助は肩を落して告げた。

仕事をおさめている呉服屋の女中をしていたのを、惚れ合って、おたがいが三年、辛抱して金を貯め、女中奉公の年季の終るのを待って夫婦になった。

「おかげさまで、かわいい子にも恵まれ、なにもかも、これからという時に女房に先立たれまして、生きる張り合いがなくなりました」

それでも一日一日と大きくなる我が子の姿を頼りに、弱る心をはげましていたのが、

「魔がさしたんでございましょうか、四十九日の法事をすませて、お千代と二人っきりになりました時、ふと女房のところへ行きたくなっちまいまして……」

赤ん坊ともども、大川へでも身を投げるつもりで家を出て、歩き廻っている中に、どうにも、子供だけは死なせたくないと思い、この店の前へ置き去りにした。

「一晩中、うろうろして、死に場所がみつけられませんでした。夜があけてから、はっ

として……」

伊勢屋へかけつけて来たといった。

「お情を頂きまして、おかげさまで飢えもせず、凍えもせずに一夜を過させてもらいまして、まことに、お礼の申し上げようもございません」

畳に頭をすりつけられて、伊勢屋夫婦も満更ではなく、

「いやいや、よくぞ思い直してかけつけて下さった。それでこそ、私たちもお子さんをおあずかりした甲斐がありましたよ」

若い身空で生涯の伴侶と決めた相手に先立たれた悲しみはわかるが、

「それでなくとも、物心もつかぬ中に、母親に死なれたお子の立場は、どんなに寂しかろう、つらかろう。父親のお前さんがたった一人のたよりというものじゃないか。その お前さんが軽はずみをしたら、お千代ちゃんはこの先、どうなる。心をしっかり持って、一生けんめい働いていれば、お前さんもまだ若いことだ、きっと、いい幸せの日がやって来ますよ。この世には神も仏もおありなさるのだと思う日が必ず参りますよ」

心をこめて慰めて、少々の金を寸志にと包み、

「この先、よくよく困ったことがあったら迷わず、ここへお出でなさい。必ず、力になってあげようから……」

と親切にいい、正之助は何度も礼を述べ、貰い乳をして戻って来た赤ん坊を抱いて、とぼとぼと帰って行った。

二、三日、元飯田町界隈では、伊勢屋の人助けが評判になり、主人夫婦も、ああ、いいことをした、と満足にひたっていた。

ところが、五日ばかり後の月のない夜、風の音にまじって、赤ん坊の泣き声がすると、内儀がいい出し、もしや、正之助が訪ねて来たのではないかと、寝仕度になっていた主人が自分で店へ出て、くぐりを開けた。

とたんに、わあっと二、三人の男がとび込んで来て、主人に当て身をくれ、内儀に抜き身を突きつけて倉の戸をあけさせ、八百両余りを奪って逃げた。

店の二階に寝起きしている手代や小僧すら気がつかない早業である。

「親切を無にするってえならまだしものこと、親切を仇《あだ》で返すってのは、人間の風上にもおけねえ、ひどい話で……」

二

二日ばかり強い風が吹いて、すっかり楓《かえで》の葉の落ちた「かわせみ」の庭で、昨夜、るいのところに泊った東吾が木剣の素振りをしているところへ、深川の長助が、

「信州からいい蕎麦粉が届きましたんで、若先生に蕎麦がきでも……」

と届けにやって来ての世間話で、

「なんだ、又、深川で、なにかあったのか」

ざっと汗を拭いて肌を入れると、神林東吾は気軽く、長助を居間へ誘った。

その居間では、るいが着がえの用意をして待っていて、

「あらあら駄目ですよう、そのまんまじゃ風邪をひいちまいますもの」

長助のみている前で、手早く東吾の帯をほどき、熱い湯でしぼった手拭で背中から胸から丹念に拭いて、肌襦袢《はだじゅばん》からすっぽり着せかえる。

いつもなら、そのあたりで逃げ出す長助だが、今朝は聞いてもらいたい話があるから、もっぱら、みてみないふり、そっぽをむいてお吉が持って来たお茶ばかり飲んでいる。

やがて、

「長助親分、お待ちどお……」

姉さん女房気どりで、帯まで結んだるいの手を離れて、東吾が座布団の上にどっかとあぐらをかいた。

「親切を仇で返したって話をきこうじゃないか」

人間の風上にもおけねえって奴は、どこのどいつだとうながされて、長助は膝をすすめた。

「畝の旦那から、おききじゃございませんか」

「いや……」

狸穴《まみあな》の方月館から帰って、兄の屋敷には申しわけに一晩泊っただけで「かわせみ」に入りびたっている。

「それじゃ、捨て子を拾ってもらって、その家へ押し込みに入るって話は……」

「知らん」

背後で、東吾の脱いだ着物をたたんでいたるいが顔を上げた。

「なんです、捨て子の押し込みって……」

こうなると、長助の独演会のようなもので、神田元飯田町の煙草問屋、伊勢屋が押し込み強盗に入られた一件を息もつがずに話してから、

「押し込みと、その五日前に伊勢屋が捨て子を拾ったってのを結んでお考えになったのは、畝の旦那なんで……押し込みの前に赤ん坊の泣き声がしたというお内儀《かみ》さんの話から、おかしいってんで、捨て子の件を調べてみたんだそうです」

定廻りの同心、畝源三郎の指図を受けて、神田の岡っ引で、本業は松の湯という湯屋の主人でもある、清七というのが走り廻ってみると、

「正之助という仕立職の住いは、浅草鳥越辺ということでしたが、どう探してみてもそれらしい者は見当りません」

つい二カ月ばかり前に女房が死んで、生後半年ほどの赤ん坊を抱えた、という特殊な境遇からすれば、町名主に訊いただけでもすぐわかりそうなものなのに、正之助、お千代という父娘のことを知る者すらなかった。

「それで、どうやら、これは騙《かた》りではなかったか、という段になって、あっちこっちに似たような事件があるのが知れました」

この春のはじめ頃から夏にかけて、本所の質屋、四谷の木綿問屋、赤坂の菓子商が押

し込みに入られているのだが、調べてみると三軒が三軒とも、強盗の入る数日前に店先、或いは裏口に捨て子があって、翌日、若い父親が取り戻しにくるという出来事が起っていた。

「つまり、なんでございます、捨て子を取り戻しに行く男が押し込みの一味なんで、子供を受け取る時に、大方の家は心を許して奥へあげています。その時に家の中の様子をみて行ったんじゃあねえかというんです」

押し込みの時に、赤ん坊の泣き声がして、うっかり家の者が戸を開けてしまったという手口も同じで、

「悪智恵の廻る野郎がいるもので……」

物心もつかない赤ん坊を悪事に使うのは、盗っ人の風上にもおけないと、子供好きの長助は本気で腹を立てている。

「その赤ちゃん、盗っ人の誰かの子供なんでしょうか」

ちょうど、お吉が長助の持って来た蕎麦粉で蕎麦がきを作って運んで来て、東吾が箸をとったところで、るいが呟いた。

「盗っ人だって、親子の情に変りはないと思うんですよ。かわいい我が子を、いくら盗みのためだって、他人の家の前に捨て子出来るものでしょうか」

「そりゃあ、それくらいのことはやりかねねえだろう。なにしろ、盗っ人のやることだ」

「でも、赤ちゃんのおっ母さんが、そんなこと、黙ってみていますかしら」

「赤ん坊が盗っ人の一味なら、母親だって仲間だろう。どうせ、夜叉《やしゃ》のような女と相場がきまっているさ」

東吾は蕎麦がきと一緒に無造作に片づけたが、るいは一つ合点の行かない顔をしている。

「とにかく、捨て子を使うって手口がわかりましたんで、手前も深川の出入りの家に、そういう押し込みがあるから用心するように触れて廻ろうと思っていますんで……」

一通り、話をきいてもらって気がすんだか、長助はそそくさと帰って行った。

「その赤ちゃん、さらって来たんじゃありませんかね」

皿小鉢を下げながら、お吉が口を出して、

「お嬢さんがおっしゃるように、いくらなんでも、実の子を悪事に使うってことはないんじゃありませんかね」

とすれば、どこかで赤ん坊をさらわれた親があるに違いなく、

「そっちから、手がかりがつきませんか」

「それくらいのことは、源さんだって、とっくに考えているさ。それよりも、店の前に捨て子があったら、気をつけろよ」

冗談半分、真面目半分に笑っていた東吾が午《ひる》近くなって八丁堀の屋敷へ帰って行ったのは、いくらなんでも三日も「かわせみ」に居つづけでは気がひけたせいでもある。

兄嫁の香苗が万事、心得て、兄の前をとりつくろってくれてはいるものの、晴れてるいと夫婦になったわけではなし、次男坊の冷飯食いの身分で、そう好き勝手も出来ない。

東吾が帰った日の夕方に、「かわせみ」には、若い夫婦者の客が投宿した。

かねがね、「かわせみ」を定宿にしている結城の織物問屋の紹介で、やはり同業だという。

生まれて七カ月になる赤ん坊をつれていたのは、その子の眼の治療のためで、

「半年くらいから、どうもおかしいので医者にみてもらいましたところ、このままでは大変なことになる。江戸の蘭方の先生に手術をして頂けば、万に一つも治るかも知れないといわれまして、思い切って出て参りました」

という。

丸々と肥った男の子の赤ん坊は大きな眼をぱっちりとあいているが、視力はないに等しいときいて、るいも眉をひそめた。

「なんの因果で、こんなことになりましたやら、かわれるものなら、代ってやりたいと思いますが……」

若い父親は宗之助といい、母親はおとみと宿帳に書いた。どちらも疲れ切った顔をしているのは、赤ん坊を伴っての旅というより、精神的な苦痛の故だろうと思われた。

「かわせみ」で一夜をあかし、翌日、夫婦は赤ん坊をつれて、築地の伊東良庵のところへ出かけて行った。江戸でも評判の蘭方医で、結城の医者も、そこへ行くよう勧めたら

しい。

帰って来たのは、午すぎで、

「手術をして、眼がみえるようになるのは、十中三か四と申されました。それでも、万に一つの望みを賭けて出て参りましたので……」

小さな赤ん坊に痛い思いをさせるのが気がかりだが、この上は神仏にすがる他はないと夫婦は交替で近所の寺や神社へお詣りに出かけている。

「あんなかわいい赤ちゃん、なんとか、眼のみえるようにしてあげたい」

るいはその日から茶を断ち、魚を断って、近くの波除け稲荷に願をかけ、お吉や嘉助までが、それにならった。

それほど、若い夫婦は思いつめていたし、赤ん坊は愛らしかったのである。

手術までには少々の処置をしなければいけないということで、夫婦は毎日、赤ん坊を築地までつれて行き、戻ってくると、かわるがわるお詣りに出かけて行く。

「おかみさんが、夜、お稲荷さんでお百度をふんでいるんですよ」

夜更けてはだし参りに出かけて行く女房を、女の身で物騒だと二日目からは夫が無理に代ったという話を、「かわせみ」のみんなが声をひそめて話し、吐息をついた。

東吾がやって来たのは、そんな時で、

「驚いたな。他人の赤ん坊のために、茶断ち、魚断ちか」

苦笑したが、すぐ真顔になって、

「おい、ひょっとすると例の赤ん坊じゃないのか」

「例のって、なんです」

「捨て子だよ、盗っ人の一味の赤ん坊は、丸々と肥って、ちょうど七カ月かそこらだというじゃないか」

「冗談じゃありません。伊勢屋の件の捨て子は女の子だってききましたよ」

「赤ん坊なんて、男も女も似たりよったりだ。裸にしてみなけりゃ、わかるまい」

「ですが、ちゃんと毎日、築地の良庵先生のところへ通って居りますんで……」

言葉をはさんだのは、番頭の嘉助で、

「実を申しますと、手前も、もしやと存じまして、お嬢さんには内緒であの御夫婦を尾《つ》けてみましたんで……」

宗之助夫婦は間違いなく良庵のところへ行き、

「あちらが帰ってから、伊東良庵先生にお目にかかって、お訊ねも致しました」

赤ん坊が生まれながらの眼病で、近く手術をするというのも、

「嘘ではございませんでした」

それでも、東吾は執念深くて、

「たまたま、盗っ人の赤ん坊が、眼病だってこともあるぜ」

偶然かも知れないが、伊勢屋以来、捨て子を使った押し込みは、一件もない。

「今度、同じ手口を使ったら、と、源さん達が手ぐすねひいて待っているのに、鳴りを

ひそめて出て来ないんだ」

「そんなのと、うちの赤ちゃんを一緒にしないで下さい。盗っ人だって馬鹿じゃあるまいし、何度も同じ手を使うものですか。大体、今までに四回も同じ方法で押し込んでいるのに、お上が気がつかないから……」

「るい、よせ」

東吾が少し、きびしい声でたしなめた。

「源さんたちが、そのことをどんなに口惜しがっているか。あとになって、とやかくいうのは容易《たやす》いことなんだ」

るいは、はっとして口をつぐんだが、どういうわけか涙がこぼれて来て、素直にすみませんという言葉が出て来ない。

「茶断ち、魚断ちのところで、酒を飲むわけにも行かないな」

困った顔で、東吾は出直してくる、と足早やに「かわせみ」を出て行った。

「いいんですか、お嬢さん、お帰りになっちまって……」

お吉がおろおろしたが、るいはすねたように黙っていた。

帰られてまずいと思ったら、どうして引きとめてくれなかったのか、お吉も嘉助も気がきかないったらありゃあしないと、口には出さなかったが、よけいに腹が立って来て涙が止らなくなってしまった。

離れのほうからは、赤ん坊を寝かしつけるらしい母親の子守歌がひっそりと聞えて来

ている。

あんな人たちが、どうして盗っ人なものかと、るいはひそかに唇を嚙んだ。

三

その翌日から雨になった。

神無月《かんなづき》の雨は降りみ降らずみというけれども、午前中のしとしと降りが、午後になって急に激しくなり、文字通り篠つく雨になってしまった。

「お嬢さん、雨宿りのお人がいますんで……」

嘉助がいいに来たのは、雨がひどくなって間もなくで、

「赤ん坊をしょっている子守っ子のような娘さんですが、中へ入れてあげてもようございますか」

るいは嘉助と一緒に帳場へ出て、軒下をのぞいてみた。

成程、まだ十六、七とみえる小娘が背中に赤ん坊をくりつけて、途方に暮れたように雨空を見上げている。

「もし、そこじゃ濡れます。お入りなさいな」

るいが声をかけると、小娘は怯《おび》えたような表情になって、

「いいんです」

という。

「あんたはよくても、赤ちゃんが風邪をひいたら、とんだことになりますよ」

手をとるようにして土間まで連れて来てみると、たかだかと裾っぱしょりをした脚は泥っぱねだらけだし、着ているものもしっとりと濡れていて、どうしようもない有様である。

それなのに、娘はひどく落ちつかなくて、

「あたし、帰らなけりゃ……」

と呟き、

「遠いんです。遠くまで行かないと……」

と、今にも外へ走り出しそうな気配である。

「まあまあ慌てたって、この雨じゃ仕様がない」

嘉助がなだめて、湯を運んで脚を洗わせようとし、お吉がとりあえず、背中の赤ん坊を抱きとったのだが、

「番頭さん、この赤ちゃん、おかしいですよ、熱があるみたい……」

赤ん坊の体が、まるで火のようだといい出した。成程、小さな赤ん坊はぐったりしていて、手足に触れてみると、仰天するほどの熱さであった。

俄かに「かわせみ」は大さわぎになって、赤ん坊をお吉の部屋に寝かすやら、女中が近くの医者を呼びに走るやらで、子守っ子が傍でおろおろとなにか叫んでも、とり合う者もいない。

東吾は医者と一緒にやって来た。

「そこで会ったんだ。赤ん坊が熱を出したって……」

てっきり、結城の夫婦の赤ん坊と思い込んでいた東吾は、雨宿りの子守っ子の赤ん坊ときいて、あきれかえった。

「よくも、次々とかわせみに赤ん坊が舞い込むものだな」

医者は赤ん坊の様子をみて、子守っ子を叱りつけた。

「こんなに熱のある者を、雨の中、出歩いて、命取りになったら、どうするんだ」

娘は眼を大きくし、茫然と赤ん坊の枕許へすわり込んで、なにもいわなくなった。

医者の診《み》たては風邪であったが、

「要心をしなければいけません。まだ小さいし、熱が下らないと、命にかかわることもあります」

家はどこかと訊かれて、娘は泣きじゃくった。浅草のむこうというばかりで、どうしても答えない。そのかわり、狂気のようになって医者に教えられたように、手拭を冷水でしぼっては、赤ん坊の頭にあてている。

「子守が、ご主人に叱られたかどうかして、やけのやん八で遠くまで来てしまったんじゃありませんか」

なんにしても、このどしゃ降りの中では、どうしようもないので、赤ん坊の看病はお吉と娘にまかせ、るいは東吾を自分の部屋に案内した。

「こないだは堪忍して下さいまし。あたし、馬鹿なことを申しました」

二人きりになって、るいは改めて手を突いた。東吾はあっけにとられた顔で、

「どうしたんだ、いったい……」

「怒って、お帰りになったでしょう。もう、二度と来て下さらないかと思いました」

「俺が……」

「ええ」

「よしてくれよ。俺があんなことで怒るか」

男がいったとたんに、るいは張りつめていた気持がゆるんで泣き顔になった。

「だって、帰っておしまいになったでしょう」

「源さんに知らせに行ったんだ」

「結城の御夫婦のことですか」

「ああ……」

早速、伊勢屋の夫婦が呼ばれて、築地の医者に行く途中の宗之助夫婦をそれとなく首実検したという。

「違うっていいましたでしょう」

「それが、亭主は似ているといい、おかみさんのほうは別人だというんだ」

伊勢屋へやって来た正之助という男と、結城から来た宗之助と、生き証人の中、一人は違うといい、一人は同一人物かも知れないと証言したというのだ。

「まあ、正直のところ、人間の眼ほど不確かなものはない。殊に伊勢屋の主人は死ぬほどの恐怖に遭っているんだ。背恰好が似ているだけで、あいつに違いないといっても不思議じゃないんだ」

「結城の御夫婦に、お疑いがかかっているんですね」

「間もなく、源さんが来る。結城へやった使が、今日、帰ってくる筈なんだ」

宗之助夫婦が本当に結城の在かどうか、源三郎の配下が確かめてくる。

「そんなことまで、なすったんですか」

「るい……」

東吾がそっと、るいの肩に手をかけた。

「こんな場合は、同じ年頃の赤ん坊をつれているというだけで、疑ってみなけりゃならねえ。お上の気持だって、つらいんだぜ」

それに、るいはあれっきり、東吾が「かわせみ」に来なかったと思っているが、

「俺も源さんも、毎晩、かわせみの夜廻りをしていたんだ。万に一つ、あの夫婦が盗っ人の一味なら、かわせみが危いと思ったからな」

「そんなこと、ちっとも知らなくて……」

恋人の胸にすがりついて、るいは今までとは別の涙をこぼした。

「堪忍して……」

「馬鹿だな、俺は一度も怒っちゃいないんだ」

抱きしめられて、すすり泣いて、るいの耳には、やがて激しい雨音すらも聞えなくなった。

夕方に、医者が又、来てくれた。

赤ん坊の様子は、まだ油断が出来ないという。

娘は思いつめた眼をしていた。誰がなにをいっても、口を閉じたまま、答えようとしない。

雨は一向に衰える様子もなく、大川の水かさも増す一方であった。

医者と入れちがいに、びしょぬれになって畝源三郎がとび込んで来た。

「結城の夫婦は、どうしています」

のっけから訊かれて、るいも嘉助も蒼白になった。

「それじゃ、あの人たち……」

「本物の結城在の夫婦でした。盗っ人の一味じゃありません」

手早く足を洗って上へあがりながら、源三郎が白い歯をみせた。

「結城へやった使が、戻って来まして……」

「本物か」

と東吾。

「ええ、まあ喜んでいいのか、残念というべきか」

「るいのためには、喜んでやってくれよ。茶断ち、魚断ちまでして、あの夫婦に肩入れ

していたんだ」

「手前も、そう思いまして、すぐ知らせに来たんです」

「すみません。畝様、御心配をおかけして」

温かなるいの部屋で、東吾が自分で酒の燗をした。るいが調理場へ行って、酒の肴を用意してくる。

「お吉が、赤ん坊から眼がはなせないらしいのでね」

東吾がいい、

「結城の赤ん坊ですか」

「いや、もう一人、変なのがころがり込んだ」

ざっと話をすると、源三郎は盃をおいて、お吉の部屋へ行って赤ん坊と子守の娘をのぞいて来た。

「盗っ人の一味じゃあるまいな」

「なんともいえませんが……」

赤ん坊はやや落ちついた様子にみえるが、娘は相変らず、牡蠣《かき》のように押し黙っているという。

雨の音がやや静かになって、離れのほうからの子守歌が聞えた。今度は父親が唄っている。

「るいに赤ん坊がいなくって、よかったな」

東吾が笑いながらいった。

「この節、赤ん坊は、みんな疑われちまうんだ」

「馬鹿ばっかり……」

るいが真っ赤になって、袂で東吾をぶち、源三郎は眩《まぶ》しい顔で、話題を変えた。

「風邪をひいているほうの赤ん坊ですが……」

どういう事情にせよ、親はさぞかし心配しているだろうと源三郎はいった。

「場合によっては、ちょっと脅かしても、娘の口を開かせたほうがよいと思いますが……」

それは確かにそうであった。子守が主人に楯ついてとび出したのなら尚更である。

「娘さんをここへ呼んで来ましょう」

るいが立って行って、娘の手をひいて来た。

赤ん坊の傍を離れたくないというのを無理矢理連れて来たとかで、娘は気もそぞろで赤ん坊をおいて来た部屋のほうばかりをみている。

「こんなことになってしまって、お前のうろたえる気持はわかるが、一刻も早く、赤ん坊の親許に事情を伝えてやらねば、お前の立場がいよいよ悪くなる。子供の親許はどこなのだ。なぜ、こんなことになったのか、話してみなさい」

源三郎が穏やかにいっても、娘はかたくなに口をとざしている。

「お前にも親の気持はわかるだろう。我が子が出かけたきり帰って来ない、この雨の日

だ。まして、乳呑児のこと、親がどんなに案じているか……」

ふっと娘が顔を上げた。

「あの子は、あたしの子です。親がついているんだから……、誰も心配なんてしてやしません」

源三郎が絶句し、るいが東吾と顔を見合せた。

「あんたの子供なんですか、あの、赤ちゃん」

「ええ、あたしの子供です。あたしが産んだんです」

「あんた、いくつ」

「十八です」

小柄で痩せてはいるが、愛くるしい顔の娘であった。十四、五といっても通用しそうな子供っぽさである。

「それじゃ、父親はどこにいる。父親だとて心配をしているだろう」

東吾が声をかけると、娘は唇を嚙みしめるようにした。

「父親なんていません」

「本当か」

「知らせたって仕様がないんです」

廊下に子守歌が聞えた。赤ん坊のむずかる声がして、宗之助夫婦がこもごも、子守歌をうたいながら、あやしているらしい。

娘が、はっとしたように廊下をみ、るいが説明した。

「あれは、あんたの赤ちゃんじゃありません。結城のほうの御夫婦のお子さんで、明日、眼の手術をするんです」

どうして、そんな話をこの娘にする気になったのか、るい自身にもわからないことであった。

「生まれつきの眼病で手術をしなければみえなくなる。といって、手術を受けてもみえるようになるかどうかは難しいそうですけどね。親御さんは毎日、はだし参りをして、うちで出す御膳だって満足に召し上れないほどの御心痛なんですよ。自分の命を縮めてもいい、二つの目を二つながら子供にやってもいいとおっしゃって……親の気持って本当にそうだと思います。寒けりゃ我が身を剝《は》いでも着せ、飢えれば自分は食べなくたって、我が子にと思うのが親心で……あんたがもしこの赤ちゃんの本当のおっ母さんなら、今どうしたらいいか胸に手をあてて考えてごらんなさい。あたしたちは、あんたと赤ちゃんの力になろうとしているんですよ」

子守歌は相変らず、ひっそりと聞えていた。

他の泊り客の耳を憚《はば》かって、それでも我が子の束の間の平安を祈るように、細々と唄っている。

娘の首ががくっと折れそうに曲った。畳へ突いた手がぶるぶる慄えている。不意に顔を上げて源三郎をみた。

「お役人様ですね。あたしのことが、わかったんですか」

源三郎に閃《ひらめ》くものがあった。

「伊勢屋の捨て子は、お前の子なんだな」

娘の咽喉《のど》から悲鳴に近い叫びが洩れた。

「あたし……盗っ人の仲間です。でも……あの子は……あの子に罪はない……助けて下さい、あの子だけ……」

極度に興奮した娘をなだめるのは、るいの役目であった。

「落ちついて、落ちついて、なにもかも畝様にお話しなさい。あたし、いったでしょう。あたしたちはあんたと赤ちゃんの味方になるって……」

娘の口から苦しげに、仲間のすみかが割れかけた時、音もなく嘉助が入って来た。

「店のまわりに、妙な男が二人ばかり居りますんで……」

一人は表の道のむこう側の路地にひそんでいて姿がみえないが、もう一人は大川端にしゃがんでいるから、二階へ上れば、みえないこともないという。

「お前、仲間のところを逃げ出して来たのか」

東吾の問いに、娘がうなずいた。

「前から考えていたんです。でも、怖くて……あの子がずっと具合が悪かったのに、お医者にもみせてくれなくて……それで思い切って……」

「多分、尾けられたんだな」

娘を伴って、源三郎と東吾が、嘉助ともども二階へ上って、部屋の障子を少しあけてのぞいてみると、成程、大川端の石垣の脇に一人の男がうずくまっている。

雨はもうやんで、空には月があった。それでも暗い。

「仲間の……竜五郎だと思います」

娘が小さく告げた。まむしと異名のある男で、かなり腕はたつらしい。

「仲間は五人なんです」

元は侍だったという武兵衛というのが首領格で、その下に竜五郎、磯助、源次、そして七化けの市之助という役者くずれが子供の父親だと泣き泣き白状した。

「むこうさんから来てくれるとは、手間がはぶけますな」

源三郎はいつもの顔で笑いながら、

「但し、家の中にふみこまれると、かわせみが迷惑しますから、外でやりましょう」

身ごしらえは素早かった。るいまでが長持から小太刀を出して来ている。

「るいは外へ出るな」

嘉助が戻って来た。

「表に五人がそろいました」

この家が、八丁堀にゆかりのある宿とは知らず、娘と赤ん坊を連れ戻し旁々、押し込みに入ろうという寸法らしい。

「東吾さんは、内から頼みます」

源三郎がるいの部屋の雨戸をあけて庭へ出て行った。

その時、表の大戸が叩かれた。

声をかけて来たのは、七化けの市之助で、

「あいすみません、手前の女房と子供が、こちらにご厄介になっているときまして……」

嘉助がのぞき窓をあけた。

「どちらさんで……」

「遅くに申しわけございません。手前は春之助と申します。風邪をひいた子供をおぶった女が、こちらさんで雨宿りさせて頂いてる筈でございますが」

「そんなことが、どうしてわかんなすった」

「へえ、知り合いが女房をこちらの近くでみかけたといって、知らせてくれましたんで……」

「お前さんのかみさんかい」

「お恥かしいんですが、ちっとばかりつまらねえことで、犬も食わねえ喧嘩を致しました。迎えに参りましたんで、どうぞ、ここをお開けなすって下さいまし」

「よろしゅうござんす。くぐりをおあけ致しますよ」

漸く嘉助が答えたのは、源三郎が外へ廻って行くまでの時間かせぎで、東吾がうなずいて、くぐり戸の前へ立つ。すかさず、嘉助がいい呼吸でくぐりを開けた。

ぬっと押し入ってきたのを、東吾が思い切り外へ突きとばす。そのついでに自分もくぐりから嘉助ともども、とんで出て、

「るい、閉めろ」

声もろともに、るいが戸をぴしゃりとしめて桟を下した。

不意を突かれて、五人の男は仁王立ちになった。

五人の中央に、背の高い、がっしりした侍姿の男がいる。

「お前が、武兵衛って奴か」

東吾がのんびりと声をかける。

「貴様は、なんだ」

「俺は、かわせみの亭主」

「くそっ」

だっと突っかけて来たまむしの竜五郎を、東吾は軽くかわしておいて摑んで出て来た木剣を一振り。竜五郎の肩先で骨の砕ける音がした。

「東吾さん、手加減は無用です。どうせ、こいつら、三尺高い木の上ですから……」

背後に廻った源三郎の声で、残る四人が二つに分れた。その中の一人が、いきなり仲間に背をむけて逃げ出そうとする。

嘉助が、老いを微塵も感じさせない脚で、退路をふさごうとしたとたん、

「貴様……裏切ったな」

武兵衛の抜き討ちが、濡れ雑巾を叩きつけたような音をたてて、七化けの市之助の体は丸くなって大地へころがった。

その武兵衛の太刀を、源三郎の十手がはね上げる。

捕物は、僅かの中に、かたがついた。

四

五人の盗っ人の中、七化けの市之助は首領に斬られて死に、四人はお召捕になった。

そして、その朝、容態の急変した赤ん坊があっけなく息をひきとり、赤ん坊の母親である娘は、一味とは別にひそかに奉行所の取調べを受けた。

十日の後。

「江戸で、三つ橋のあるところって、どこでしょうな」

途方に暮れた顔の源三郎と一緒に、東吾が「かわせみ」へやって来た。

「誰か、三つ橋のあるところを知らないか」

七化けの市之助の女房だった娘、名はおせいというのだが、

「その名前さえ、本当じゃあるまい。子供の時にさらわれたんだ」

三つかそこらだったのを武兵衛一味の与吉というのがどこからかさらって来た。

「奉行所のお調べでわかったことですが今から十四、五年前にも、武兵衛一味は赤ん坊を道具に使った押し込みをあっちこっちでやっているんです」

その時は金の分配で仲間割れがあって二人が殺され、武兵衛一味は江戸を出て、暫くは小田原、甲府、仙台あたりを転々と荒らし廻ったあげく、上方へ逃亡し、鳴りをひそめていたが、再び、今年の春、仲間を呼び集めて、江戸へ戻って来た。

「おせいは盗みの道具にされたりしながらずっと一味がつれ歩いていたようです」

幼い子供はなにかの時に人目をごま化すのに都合がよかったからで、

「十五になった時に、七化けの市之助が自分の女にして、今年、子供が生まれたわけですが」

おせいはこれまでに何度となく仲間から逃げ出そうとして、その都度、つかまり、ひどい仕置を受けて、なかばあきらめていたのが、我が子が盗っ人の道具に使われるようになって、どうにも我慢が出来なくなって、殺されるのも覚悟で、あの日、逃げ出したものだという。

「お上にも御慈悲がありまして、おせいは、おとがめなしということになりましたが、困ったのは、あの娘の素性です」

さらわれたのだから、親はどんなに歎き悲しんでいることだろう、なんとか実の親の家をみつけてやりたいのだが、さらった与吉というのは十数年前の仲間割れの時に殺されていて、武兵衛や他の三人は、誰もおせいがどこの娘かきいていない。

「なにせ、三つかそこいらですから、記憶もぼんやりしたもので……」

自分の名前も、親の名前も憶えていない。そのたよりない記憶の中で、

「三つの橋を渡ったっていうんです」

赤ん坊の頃から、さらわれるまでの間に、おそらく母親か、子守におぶわれてのことだろうが、

「一つ橋、渡った、二つ橋、渡った、三つ橋、渡った、と誰かが必ず歌っていたのが、おせいの記憶の中にある、たった一つの手がかりなんだ」

おせいをさらったのが、江戸であることだけは、武兵衛一味も間違いないといっているので、江戸のどこかに、三つの橋が続いてかかっている場所をみつけ、その近所を問い合せたら、十五年前に、娘をさらわれた親がみつかるかも知れないと、源三郎が配下の岡っ引を動員して、心当りを探させている。

「三つの橋っていったって、そんなの、どこにだってあるじゃありませんか」

大川にかかっている橋だけでも三つ以上あるし、

「千代田のお城のまわりだけだって、神田橋、常盤橋、呉服橋、鍛冶橋、数寄屋橋……」

お吉が数え出して、東吾に笑われた。

「しっかりしてくれ、おせいは町方の娘なんだ。将軍家の姫君じゃあるまいし、お城の橋なんぞ、渡れるものか」

「それにしたって、本所、深川、お江戸は川だらけ、橋だらけっていってもいいんじゃありませんか。早い話が、うちのすぐ近くにだって、亀島川に一の橋、二の橋、三の橋

ってかかっていますよ」

　るいが、助け舟を出した。

「たしかにその通りなんだが、おせいの話をきいてみると、どうも、一本の川にかかっている橋の数じゃないんだ。家を出て、三つの橋を渡ると、又、家へ戻って来られる。つまり、三つの橋は三角かなんぞのように道をつないでいて、ぐるっと廻るとふり出しに帰るってことらしい。もう一つ、一つ橋を渡った、二つ橋を渡った、と歌いながら歩いて行ったということは、橋と橋の間がそんなに遠くはなかったってことにならねえか」

　今のところ、そういう条件の三つの橋を探して、深川の長助や神田の清七あたりが若い者をかけ廻らせたり、首をひねったりしているという。

「そういわれてみると、三つの橋を渡って、ふり出しに戻るってのが難しゅうございますね」

　嘉助も腕を組んで、

「たとえば、川が二つ、交差して居りますところに、三つ橋がかかっているのならこの先にもございますが……」

　日本橋と亀島川の交わるところに霊岸橋と湊橋、それに北新堀町にある箱崎橋がちょうど凵の形にかかっているが、さて、三つの橋を渡って、元へ戻れるかといえば、日本橋川の上流には江戸橋まで橋がない。

「仮に江戸橋を渡って、ぐるりということになりますと、四つの橋になってしまいます」

奉行所でも、地図をひろげたり、自分の経験をあれこれ思い浮べたり、源三郎が一汗も二汗もかいているが、これというところがみつからなかった。

思案投げ首といった「かわせみ」へ深川の長助がとんで来たのは午すぎで、

「実は今朝方、ふいと思いついたんですが、京橋川に三つ橋ってのがあるんです」

南八丁堀と水谷町のところで、三方に架っている橋で、水谷町のところのが真福寺橋、白魚屋敷の方のが白魚橋、真福寺橋とま向いにあるのが弾正橋の三つで、あたりの者は古くから俗に三つ橋と呼んでいる。

「ひょっとして、そいつのことじゃねえかと考えたんですが……」

成程と、東吾もうなずいて、南八丁堀なら、そう遠くもなし、考えているよりは行ってみようと、男三人にるいが連れ立って外へ出た。

よく晴れて、風はもう冷たいが、そぞろ歩きにはまあまあの陽気である。

大川端からまず、亀島川の三の橋を渡って銀町を横切り、川口町のところで、亀島橋を渡ると与作屋敷に出る。それから八丁堀の組屋敷の東側を通って、再び川っぷちへ出ると、そこが南八丁堀と呼ばれるあたりで、たしかに、三つの橋が⊓の形に架っているのがみえる。

「これが、三つ橋か」

弾正橋の袂に立って、四人が川下を眺めると、かなり行ったところに中の橋がある。ぐるりと廻るには、やはり三つの橋ではなく、四つの橋を渡らなければ、元へは戻れない。

「一つは、あんまり遠いから勘定しなかったんじゃありませんかね」

長助は自分の思いつきが捨て難いらしく、今日はこのあたりを歩いて、十五年前、女の子をさらわれた親はないかと聞いてみるという。

長助と別れて、大川端へ戻ってくると、ちょうど結城の夫婦が築地から帰ったところで、るいをみるなり、一杯の涙を浮べた。

「おかげさまで……なんといってお礼を申してよいかわかりません。息子の眼がみえるようになりました」

手術をして十日であった。

「今日、先生が、はっきりとおっしゃられまして……」

夫婦は、はじめて眼のみえる我が子から、みえる眼でみつめられて、おお、おおとまわらぬ舌で呼びかけられたという。

両眼を泣き腫らしている夫婦に、るいも、もらい泣きをするし、お吉はお赤飯でもと板場へかけこんで行く。

そんな中で、ふと、世の中はさまざまだと源三郎が呟いた。

「十五年前に、我が子をさらわれた親は、涙で眼の開かない思いをしたのかも知れませ

ん……」

その子が、今、親を求めているというのに、縁がないというものか、手がかりは三つの橋の記憶しかない。

結城の夫婦が、源三郎の述懐をききとがめた。

「どのようなお人のことで……」

おせいの三つの橋の話をじっときいていた夫婦が顔を見合せるようにして叫んだ。

「ぐるりと三つ橋を渡って、元に戻る橋なら、手前共が存じて居りますが……」

築地の本願寺の近くにある、数馬橋、軽子橋、備前橋の三つだという。

「伊東先生のお宅を出たところに備前橋がございます。渡ると本願寺様で……」

眼の手術の間中、夫婦はじっとしていられなくて、備前橋を渡って本願寺におまいりをし、少し歩いて軽子橋を渡り、川のむこうを逆に戻って数馬橋を渡ると、伊東良庵の家の前へ帰って来た。

「それを三度も四度もくり返して、手術の終るのを待ちましたんでございます」

親の心が、親を呼んだのかも知れないと、「かわせみ」の者たちは、あとでしみじみ話し合ったものだ。

源三郎が直ちに、築地へ出かけた。

数馬橋、軽子橋、備前橋はたしかにぐるりと一廻り出来るようにつながっていた。

おせいがいったように、一つ橋、渡った、二つ橋、渡った、三つ橋、渡った、と歌っ

て行くと間違いなく最初の場所に戻ることが出来る。

そして、備前橋からそう遠くない上柳原町の藍玉問屋、阿波屋重兵衛が、十五年前、一人娘のお初という、その時、三歳になったばかりのを、人さらいにさらわれていたのがわかるまでに、そう時間はかからなかった。

江戸はやがて木枯の季節であった。

本書は一九八五年九月に刊行された文春文庫「幽霊殺し　御宿かわせみ5」の新装版です。

文春文庫

幽霊殺《ゆうれいごろ》し　御宿《おんやど》かわせみ5

定価はカバーに
表示してあります

2004年9月10日　新装版第1刷

著　者　平《ひら》岩《いわ》弓《ゆみ》枝《え》
発行者　庄野音比古
発行所　株式会社 文藝春秋
東京都千代田区紀尾井町3-23　〒102-8008
TEL 03・3265・1211
文藝春秋ホームページ　http://www.bunshun.co.jp
文春ウェブ文庫　http://www.bunshunplaza.com

落丁、乱丁本は、お手数ですが小社営業部宛お送り下さい。送料小社負担でお取替致します。

印刷・凸版印刷　製本・加藤製本

Printed in Japan
ISBN4-16-716885-5

文春文庫

音 袋ウエストゲートパークⅢ 石田衣良
ドラッグ、偽地域通貨……さらに過激な街をマコトたちが突っ走る。新世代青春ミステリー

の殺意・おわら風の盆 西村京太郎
十津川警部、八尾へ。三年前の悲しい事件の秘密がいま明かされる、祭りシリーズ第二弾！

ンセイの鞄 川上弘美
あわあわと、そして色濃く流れゆく大人の愛の日々。谷崎賞受賞のベストセラーの文庫化

かね空 山本一力
京から江戸へやって来た豆腐職人一家の絆。心にしみわたる人情時代小説。直木賞受賞作

霊殺し〈新装版〉 御宿かわせみ5 平岩弓枝
「源三郎の恋」「秋色佃島」「三つ橋渡った」他名作揃いのシリーズ第五弾が新装版にて登場

間諜 洋妾《らしやめん》おむら 上下 杉本章子
生麦事件に揺れる幕末、売れっ子芸者おむらは恋人のため英国公使館に潜入する。歴史長篇

妻が横に立っている 読むクスリ36 上前淳一郎
元気のない今こそ読みたいお馴染みシリーズ。サラリーマンのための非猪突猛進のススメ！

冬子の兵法 愛子の忍法 上坂冬子 佐藤愛子
稀代の正直者・上坂冬子が大作家・佐藤愛子と交す往復書簡エッセイ。そこまで書くの？

母のいる場所 シルバーヴィラ向山《こうやま》物語 久田恵
十年の在宅介護ののち母と選んだ有料老人ホームの生活。そこは酒、煙草、外泊、恋愛もOK

地ひらく 上下 石原莞爾と昭和の夢 福田和也
戦争を知り尽くした男・石原莞爾と戦前史の見方に変革を迫る渾身の力作。山本七平賞受賞

天地無用 テレビ消灯時間6 ナンシー関
さようなら、ナンシー画伯。急逝した鬼才がテレビの奥に見届けたものは。最後の批評集

マガジン青春譜 川端康成と大宅壮一 猪瀬直樹
欲望と野望と大志に満ちた大正メディア群像を描出した、スピード感溢れる青春評伝小説

秘密結社の手帖 澁澤龍彥
グノーシス派、薔薇十字団、フリーメーソン。排他的な集団の儀式と実態を語るエッセイ集

エースを出せ！ 脱「言論の不自由」宣言 日垣隆
裸の王様を討て！ 息も絶え絶え「天声人語」の断末魔他、返り血覚悟で書くメディア批判

パーネ・アモーレ イタリア語通訳奮闘記 田丸公美子
陽気で派手で愛に溢れ……イタリア気質にすっかり染まった通訳のスリリングな日々とは

抑えがたい欲望 キース・アブロウ 高橋恭美子訳
生後五カ月の娘を殺された富豪一家の心の闇に、異色の精神科医が迫る。心理サスペンス

猟犬たちの山脈 上下 ビング・ウェスト 村上和久訳
セルビア兵に拉致された仲間を奪還すべく、五人の男たちは雪深い山地へ。軍事冒険小説

指紋は知っていた チャンダック・セングープタ 平石律子訳
指紋を個人識別法として最初に採用した英領インド。指紋鑑定法をめぐる男たちのドラマ